Det man kan
av det man har

Det här är uppföljaren till min debutroman *"Till var och en det den förtjänar"* som publicerades i början av 2016. Den bok som du nu ska börja läsa tar vid ungefär ett år efter att den förra boken slutade. Jag hoppas att du kommer att gilla den lika mycket som jag gör!

Jag har haft förmånen att skriva även denna bok med stöd av min underbara make Peter. Det finns inte tillräckligt med superlativer som förklarar hur tacksam jag är för att ha honom vid min sida.

Min mamma Laila är annars den enskilt största supportern till mitt författarskap och till dig mamma vill jag säga: **tack** för att du försåg mig med böcker när jag var liten. Du öppnade dörren.

/Mirre MCSS.

Mirre MCSS

Det man kan av det man har

Förlag: BoD – Books on Demand, Stockholm, Sverige

Tryck: BoD – Books on Demand, Norderstedt, Tyskland

ISBN: 9789176992975

Kapitel 1

"Med stora krafter följer ett stort ansvar".

Citatet från den välkända superhjältefilmen kändes väldigt träffande just nu, när Stina i turbofart använde sina superstarka armar till att bära två datorer och en skrivare uppför trappan till advokatbyråns lokaler. Hon hade övervägt att gå flera gånger, för att minimera risken att möta någon som skulle undra över hur den där tunga balansakten egentligen gick till, men bestämt sig för att chansa. Det beslutet kunde bli både pinsamt och poänglöst om hon skulle råka snubbla med hela lasten. Som grädde på moset ringde nu mobiltelefonen. Stina tackade den högre makt som hade uppfunnit det trådlösa headsetet och röstaktiverad svarsfunktion.

– Stinas Support, det är Stina!

– Hej Stina, Alex här! Är du på gång?

It-konsultfirman "Stinas Support" bestod av Stina själv och den tidigare praktikanten Alex, som hon hade haft som kollega på sin förra arbetsplats.

– Du, jag har bara några steg kvar till dörren så du får gärna öppna den direkt!

– Jaha, oj, jag rusar!

Stina behövde bara hålla datorerna i famnen ett par sekunder innan dörren till advokatbyrån slogs upp och en ung kille sträckte ut sin arm så långt han kunde för att hålla upp dörren för henne. Han insåg att han istället borde använda den armen till att befria Stina från hennes börda, så han slängde upp knäet mot dörren och försökte få tag om en dator. Stina skrattade åt hans iver och sa avvärjande:

5

– Alex, det är lugnt, jag har grejorna, håll upp dörren bara!

Alex skakade misstroget på huvudet. Stina var verkligen ingen muskulös kvinna, men ändå lyfte hon med lätthet ruskigt tunga saker.

– Har de kommit?

Stina syftade på de nya medarbetarna som skulle ha de datorer som hon nu hade ställt ner på golvet. Alex nickade och skakade på huvudet samtidigt och förklarade sen vad den motstridiga gesten betydde:

– Ja, de har varit här men gick ut på lunch tillsammans med Carl-Ernst och Annika.

– Vi tar och kopplar in datorerna och startar dem, så kan de stå och uppdatera sig medan vi tar lunch, vad tror du om det?

Alex svarade genom att lyfta upp den ena datorn i famnen och leda vägen till det rum som de två nya biträdande juristerna skulle dela. Stina tog den andra datorn under ena armen och sköt undan skrivaren mot väggen innan hon slog följe med honom.

Tjugo minuter senare var de på väg nerför trapporna, inbegripna i en diskussion om vad de skulle äta idag. När Stina hade anställt Alex hade hon gjort det mycket tack vare den lottovinst som hade gjort henne och hennes man Gunnar hyfsat ekonomiskt oberoende. Så hon hade passat på att skriva in i anställningsvillkoren att gratis lunch ingick de dagar de var ute på uppdrag. Alex som tyckte att korv och makaroner var helt okej att äta hur många dagar i veckan som helst uppskattade ändå den förmånen nästan lika mycket som lönen.

På väg till den libanesiska restaurang de till slut hade enats om att äta på, mötte de Annika, advokatbyråns ekonomichef. Hon hade bara månader kvar till pensionen och tycktes ofta stressad och glad på samma gång. Glädjen vann oftast, hon var helt enkelt en väldigt sympatisk person som Stina tyckte mycket om. Stina kunde inte låta bli att oroa sig lite över hur det skulle bli när Annika slutade.

– Hej på er, ska ni ut och äta nu?

– Ja, vi har kopplat in och startat de nya datorerna, så vi passade på.

– Har du tid att prata en stund innan ni ger er av sen?

– Självklart, jag letar rätt på dig då.

De skiljdes åt och fortsatte mot sina respektive mål. Stina fick som vanligt behärska sig för att inte låta benen pinna på så fort som de faktiskt kunde. På långt håll kunde hon se genom restaurangens fönster att det fanns flera bord lediga. Det var nog bra att deras lunch hade blivit lite senarelagd idag. Till Alex sa hon:

– Ska vi satsa på bordet vid fönstret, där till vänster?

Alex kisade och försökte se vilket bord hon menade, men kunde knappt urskilja skylten ovanför dörren. Han undrade om han behövde glasögon. Fast den tanken dök bara upp såna här gånger, när Stina verkade ha nån sorts supersyn.

När de omsorgsfullt och inte utan vissa diskussioner hade valt bland de olika smårätter som var typiska för det libanesiska köket sa Alex:

– Jag funderar på att skaffa mig ett jobb till. Den

här halvtiden hos dig är toppen och så, men jag skulle behöva en heltidslön om jag ska kunna skaffa mig en större lägenhet och en bil.

För ett tag sen hade Alex rodnande berättat att han träffat en tjej. Om de planerade att flytta ihop så var hans minimala etta med kokvrå förstås inget bra alternativ.

Egentligen fanns det inte jobb för två personer i firman. Men hon kände ett visst ansvar för den här killen, som hade haft en tuff uppväxt och som fått kämpa mycket men aldrig gett upp och aldrig klagat.

– Jag förstår det Alex, och det är naturligtvis helt okej. Vi får se till att anpassa dina uppdrag hos mig så att du kan kombinera det med något annat.

Alex log lättat. Han ville absolut inte svika Stina, han hade mycket att tacka henne för. Dels från ungdoms-åren, då han mer än en gång hade skyddat sina syskon från en full och våldsam far och sen tvingats hålla sig undan när pappan gick bärsärkagång i lägenheten. Det var ofta hos Stina och hennes två barn som han sov över de gångerna. Att sen få deltidsjobb hos henne efter utbildningens praktik var även det en lättnad, i synnerhet när det inte blev något heltidsjobb på ItWorks.

Kapitel 2

Frederiq hade varit gruppledare på ItWorks tillräckligt länge för att kunna göra delar av sitt jobb nästan i sömnen. Det var tyvärr tur det, för nu han var helt och fullkomligt slut. Hundra procent slutkörd: färdig, kaputt, finito. Oförmögen att ta sig ur sängen. Fast det var inte helt sant för han hade krupit till toaletten till slut. Men mer än så hade han verkligen inte kraft till. Han hade sovit så mycket att han inte mindes vilken dag det var och han hade gråtit tills tårarna var lika slut som hans energi. Nu låg han bara i sängen och stirrade i taket.

Efter att ha tvingats verkställa det bistra beslutet från företagets ledning, att säga upp en del personal och sänka lönerna med 10 procent för de som blev kvar, hade Frederiq mått allt sämre. Företaget gick också sämre. Enkäterna som mätte hur nöjda kunderna var med deras service gav sjunkande betyg och flera avtal hade avslutats i förtid. Frederiq slet som ett djur för att hålla upp moralen bland de anställda och samtidigt klara av sina andra arbetsuppgifter. Ingen kunde väl undgå att se hur han blev magrare, mer hålögd, gick med tyngre steg och slutade le. Han som förut varit så entusiastisk. Men ingen gjorde något. Visst fick han artiga och pliktskyldiga frågor om hur han mådde, men ingen tycktes genomskåda de undvikande svaren.

Sen kom spiken i kistan. Hans äkta man, Dennis, mannen som hade fått honom att förstå att han var

9

gay och som fått honom att bryta upp från ett långt äktenskap med en kvinna och därtill en överdådig överklasstillvaro. Dennis som Frederiq betraktade som sin allra bästa vän och evige vapendragare. Dennis ville skiljas. Pang, bom, bara så där. Fullständigt helt ur det blå. Ansåg Frederiq i alla fall medan Dennis påstod att han hade försökt prata med Frederiq hur länge som helst men det var ju bara jobbet som gällde för honom. Dennis hade raskt och effektivt delat upp deras saker och bara några dagar efter det hemska beskedet hade det kommit ett par flyttgubbar och burit iväg med hälften av deras liv. Frederiq hade lagt sig i sängen igen - och blivit kvar där.

Företagsledningen hade bestämt att supportgruppen inte behövde någon gruppledare nu när Frederiq var sjukskriven. Det var väl bara tillfälligt ändå. Frederiq fick sova ut och sörja klart och sen rycka upp sig. Lite hjärtesorg hade ingen dött av och stressigt på jobbet hade alla då och då. Det skulle nog ordna sig, sa personalchefen med påklistrad käckhet som ekade tomt i Frederiqs öron. Han brydde sig inte ens om att svara på floskerna utan släppte bara mobiltelefonen på golvet, vände sig mot väggen och somnade om. En bit in i drömmen hörde han den ängsliga personalchefen ropa:

– Hallå? Hallå? Frederiq? Hallå? Hallå?

Hon gav upp snart nog och la på luren. Efter det hade ingen hört av sig, kanske delvis på grund av att Frederiqs telefon blev liggande på golvet och till slut laddade ur sig. Personalchefen tolkade hans ickesvar som att han ville vara ifred, och slutade ringa.

Kollegorna fick höra att Frederiq var sjukskriven och så var det inget mer med det. Jobba på ni, tänk på kunderna, hade personalchefen sagt med hurtig stämma när hon hade besökt dem på kontoret. Med sig hade hon en butterkaka med "halva-priset"-lappen kvar. Den var ganska torr.

Kapitel 3

När datorerna var klara för användning fick Alex gå hem för dagen. Stina stannade kvar för att prata med Annika och de tog sig varsin kopp kaffe ur den avancerade maskinen. Stina kände sig nästan tvungen att välja vad som helst utom vanligt svart kaffe, när den tjusiga och säkert dyra maskinen nu erbjöd så många alternativ. Oftast blev det dubbel espresso, medan Annika valde "café au wiener melange". Stina hade faktiskt ingen aning om vad Annika egentligen drack då.

– Vi har fått några kandidater från rekryteringsfirman och har träffat alla utom en. Tanken är att den nya ska jobba parallellt med mig några månader, innan jag tar pension.

Annika sken som en sol när hon berättade det. Stina kunde inte känna annat än att hon var väldigt värd det. Annika fortsatte:

– Vi tycker att det är rätt viktigt att den nya samarbetar bra med dig också. Så vi undrar om du skulle ha tid att vara med på nästa intervjuomgång?

Stina hostade till och fick svälja fort för att inte sätta det starka kaffet i halsen.

– Oj, javisst, om ni vill det så självklart!

Annika log finurligt. Hon hade presenterat idén för den ansvarige delägaren Carl-Ernst, som hade flinat, i bjärt kontrast till sin strama fasad. Även han insåg att advokatbyrån behövde en ekonomichef som kom överens med deras it-ansvariga konsult.

Efter att ha jämfört sina kalendrar hittade de ett par lämpliga datum, som Annika skulle stämma av med rekryteringsfirman. Precis när Stina reste sig för att gå, kom hon på att Perry hade frågat efter henne.

Perry ansvarade för den del av advokatbyrån som arbetade med utbildning, den del som innan sammanslagningen hade varit en egen liten byrå vid namn Ystergrens Juridiska. Namnet efter sammanslagningen var det lätt krystade men kompromisslösa "Advokatbyrån Wass, Gren och Ystergren". Man valde att förkorta det WGY vilket gav receptionisten en chans att svara klart innan den som ringde la på.

Perry satt i sitt rum med öppen dörr så Stina knackade på dörrposten för att påkalla uppmärksamhet. Han tittade upp från en diger lunta papper, log och tog av sig glasögonen som befann sig riskabelt långt ut på nästippen. Han vinkade åt henne att stiga in, såg att det låg fyra pärmar på stolen avsedd för besökare och for upp för att lyfta undan dem. Tyvärr var det ont om lediga ytor även i resten av rummet, så det slutade med att pärmarna placerades på skrivbordet, mellan tangentbordet och en visselpipa som Stina trodde att man använde vid andjakt. Varför den låg på skrivbordet förstod hon inte. Kanske inte Perry heller, som hastigt rynkade pannan när han lyfte undan pipan för att skapa en gnutta utrymme.

– Stina, vad bra att du kom! Jag tänkte be dig om en tjänst.

Perry lyfte på pappersluntan han höll på och läste, sköt försiktigt undan två böcker om entreprenadrätt och gjorde en liten grimas. Hans system hade vissa brister. I ögonvrån fick han till slut syn på det han letade efter: en rosa postit-lapp med två namn antecknade på. Den hade hamnat på golvet bredvid hans portfölj. Han log tacksamt och sträckte sig efter lappen innan han tog till orda igen:

– Jo, jag tänkte höra om du skulle kunna göra i ordning ett litet… ja, ska vi kalla det introduktionsprogram? Lite kom-igång-hjälp för it-miljön, avsett för nya medarbetare. Och så kan du börja med att testa det på…

Perry satte på sig glasögonen som han hade förvarat i den lilarandiga skjortans bröstficka och läste innantill på den upphittade lappen:

– …Matilda och Nicholas, våra två nya biträdande jurister.

Han tittade upp på Stina med förväntansfull blick. Stina hade hunnit bli förväntansfull, hon med, och svarade omedelbart:

– Gärna, det låter som en jättebra idé!

Perry nickade nöjt och sneglade på pappersluntan. Stina förstod vinken och reste sig hastigt. Det såg ut som att Perry hade rätt mycket kvar av luntan, men det var inte lika mycket kvar av arbetsdagen.

– Jag sätter ihop ett förslag och återkommer till dig inom ett par dagar, blir det bra?

– Mycket bra.

Perry hade redan börjat läsa igen men lyfte åter blicken mot Stina för att kunna säga hejdå på ett artigt sätt. Han sköt samtidigt undan pärmarna en liten bit för att få plats att vända blad. Stina hann knappt ut ur rummet förrän Perrys dator började tjuta högt och ihållande. Perry hoppade till och utbrast förskräckt:

– Nej, vad händer nu då?!

Perry var inte bästa kompis med sin dator och använde den helst så lite som möjligt. En del dagar var han helt nöjd med att bara starta den och vänta på att den trevliga skärmsläckaren med simmande fiskar skulle komma igång, så att skärmen såg ut som ett akvarium. Men idag hade han faktiskt ett pdf-dokument med ett utdrag ur en prejudicerande dom öppet.

Stina vände om direkt och trängde sig ursäktande förbi Perry och fram till datorn. Datorn tjöt oupphörligt och inte särskilt lugnande, och på skärmen öppnades i imponerande fart en uppsjö kopior av samma pdf-dokument. Det tog Stina ett par sekunder att hitta felet: en av pärmarna hade hamnat på tangentbordets enter-tangent och tryckte konstant ner den med resultat att den markerade filen - pdf-dokumentet - öppnades gång på gång. Till slut hade det öppnats så många filer att datorns minne tog slut och därför tjöt nu datorn.

Stina sköt undan den självsvåldiga pärmen och började klicka på dokument efter dokument för att stänga de hundratals fönster som fyllde skärmbilden. Snart insåg hon att det skulle ta löjligt lång tid. Hon ställde sig så att hon skymde skärmen för Perry och låtsades fortsätta klicka. Men istället använde hon en annan av sina superkrafter - förmågan att med blicken flytta saker - och stängde de överflödiga dokumenten på ett par sekunder. Under tiden försökte hon att så kort och pedagogiskt som möjligt förklara för Perry vad som hade hänt. Han var nöjd med att

15

problemet var löst och nickade mest av artighet åt förklaringen. Just nu hade han fullt upp med att förstå detaljerna i det rättsfall vars tidsfrist sakta men säkert rann ut.

Stina bestämde sig för att promenera till centralstationen istället för att åka buss. Med ben som var både snabbare och starkare än de flesta andras så var den halvmilslånga promenaden inte någon match. Hon kom på sig själv med att nynna på en låt som hon inte riktigt kunde placera. Det var ingen välkänd låt, mer något hon hade hört i bakgrunden någonstans… Jo, det var ju en av hennes son Jonatans nya låtar! Han höll för fullt på och producerade ett album, med musik inspirerad av de nu årsgamla tvillingpojkar som han var pappa och Stina farmor till. Att bara tänka på de två yrvädren gjorde Stina extra glad och promenaden mot den del av hemresan som skulle göras med tåg kändes ännu lättare.

Kapitel 4

Jonatan och Maria tittade på varandra och sen på tvillingarna. Pojkarnas somaliska ursprung från moderssidan syntes om inte annat på deras svarta, tjocka och synnerligen ostyriga hår. Nu hade de stolta föräldrarna gjort sitt bästa för att korta av kalufserna men de insåg båda två att frisörer, det var de verkligen inte. Inte heller tycktes de ha minsta talang för att bli det. Pojkarnas hår såg nu ut som att det hade körts över av en slö gräsklippare manövrerad av en berusad fastighetsskötare, och pojkarna själva var inte alls imponerade av hela aktiviteten. De gnydde missnöjt och gjorde upprepade försök att ta sig ur de matstolar som hade fått tjäna som frisörstolar, men de barnsäkra selarna höll dem kvar och framkallade ännu mer missnöje.

Maria blev den som först satte ord på spektaklet.

– Jahapp... Så här kan de ju inte se ut om vi ska kunna låta dem vistas utanför lägenheten. Vad gör vi nu?

Jonatan hade trots, eller kanske tack vare, den eländiga scenen och pojkarnas olyckliga uppsyn svårt att hålla sig för skratt. Han sa med ett kvävt fniss:

– Mössa?

Maria himlade med ögonen och slog till honom på axeln, men kunde inte heller hålla sig allvarlig någon längre stund. Fnittrande sa hon:

– Ja, det kan funka. Om vi drar ner ordentligt. Det

är väl fortfarande modernt att ha mössa på sig inomhus, eller hur?

– Annars får vi helt enkelt återupprätta det modet. Kan vi dra kulturkortet?

– Åhå, du menar: "det är tradition för halv-somalier att ha mössa på sig för jämnan"? Det tar vi. Jag kan nog få pappa att stötta det påståendet.

Snart nog kunde de bara skratta åt situationen och försökte få sina söner att uppskatta det hela bättre, genom att befria dem från sina selar efter att de hade fått äta varsin halv banan. Jonatan torkade av deras munnar och lyfte dem sen ur stolarna, en i taget, och bar in dem i deras rum. Han ville inte ha två ettåringar kravlandes i det avklippta håret. Maria tog under tiden fram dammsugaren och passade på att befria resten av köksgolvet från kexsmulor, ärtor, majskorn, potatisbitar och andra lämningar från pojkarnas matstunder som hopade sig märkligt kvickt.

Leo hade börjat resa sig med stöd av precis vad som helst som fanns i närheten. Han tycktes lite ivrigare att uppnå det vertikala läget än brorsan Ludvig, som hellre satsade energin på att ta sig framåt och då hasande på rumpan. De var i övrigt ganska väl synkade, både utvecklings- och aktivitetsmässigt. Redan när de var några veckor gamla hade Jonatan konstaterat att de gjorde allting samtidigt - på gott och ont. De var vakna samtidigt och de sov samtidigt, de var hungriga samtidigt och de gjorde i blöjan samtidigt. Det gav samordningsvinster likväl som dubbel stress.

Maria hade varit föräldraledig sedan pojkarna föddes men i och med att Jonatan jobbade natt, som tidningsbud, så var han hemma dagtid och kunde vara delaktig väldigt mycket, precis som han ville vara. Hans egen far hade aldrig varit närvarande i hans och systern Jennys liv, utan valt ett sololiv i England istället. Fortsatt "fri som en fågel med vinden i håret" som Jonatans mor någon gång så poetiskt uttryckt det.

Snart var det Jonatans tur att vara föräldraledig och han såg mycket fram mot det. Han hade som så många andra förstagångsföräldrar en illusion om att kunna göra annat samtidigt - i hans fall producera musik. Maria log vänligt åt hans planer men avstod från att kommentera dem.

Maria startade sin dator för att leta fram en barnfrisör i närheten. Hon såg inte fram mot att förklara varför pojkarna såg ut som utslitna svarta kvastar i håret, men det var bara att bita ihop. Snålheten bedrar visheten, sa man visst.

Jonatan tittade sig omkring i den lilla lägenheten och suckade lite. Den var för trång för familjen, men de hade inte lyckats hitta någon större i ett trevligt område, som de hade råd med. Bostadsmarknaden i Uppsala var inte lika överhettad som i Stockholm, men inte långt ifrån. Boendet funkade i alla fall, med lite kreativitet och tålamod. Jonatan sköt undan den ena barnsängen för att kunna öppna garderoben så att han kunde få fram utdragsskivan till köksbordet. Ikväll skulle hans syster Jenny komma på middag.

Jenny kollade mobilen som hade låtit som en skrattande bebis, och konstaterade att hon hade fått

19

ett sms från bemanningsföretaget. Det var ett erbjudande om ett kranföraruppdrag i södra Stockholm med start om ett par veckor. Jenny insåg att hon behövde uppdatera sina uppgifter på bemanningsföretagets profilsajt. Det var ju snart dags att resa igen, istället för att jobba.

Resan till Australien för ett år sen hade tänt reslusten och den flammade upp ytterligare när hon fick en miljon kronor av mamma Stina och bonuspappa Gunnar . Hon sa upp sig från sitt fasta jobb och skrev in sig på ett bemanningsföretag som hade specialiserat sig på byggbranschen. Det var ont om kranförare och kunde man dessutom, som Jenny, köra allt från små till riktigt stora kranar så fanns det gott om jobb. Nu tog hon bara de uppdrag hon ville ha och som passade in mellan hennes resor. Krångligast var att hitta någon som kunde se efter hennes torp utanför Uppsala när hon inte var hemma. Hon hade hyrt ut det i andra hand någon gång, bett sin bror Jonatan passa det ett par andra gånger, och chansat på att lämna det obevakat en gång. Det kändes inte bra men nu hade hon en idé som kanske skulle kunna lösa det.

Hon fortsatte att titta sig omkring i den lilla affären. Det fanns så många häftiga barnkläder att det var riktigt svårt att välja. I egenskap av faster kunde hon unna sig att välja opraktiska men coola kläder, tyckte hon. Präktigt och korrekt var ändå inte hennes grej. Efter en stunds botaniserade bestämde hon sig för två tröjor med flinande neongula dödskallar och två par mjukisbyxor med knälappar i jeansimitation.

Två kepsar med texten "Sötast" fick också följa med, när hon inte hittade något bättre, till exempel i stil med "faster är bäst". Hon betalade och bad att få kläderna inslagna.

När hon tittade på klockan i mobilen insåg hon att det var dags att ge sig iväg så att hon skulle komma i tid till middagen hos Jonatan och Maria. Komma försent var brorsans grej, själv var hon närmast manisk åt andra hållet. Mer än en gång hade hon fått gå spontana promenader i omgivningarna, för att fördriva tiden när hon kommit för tidigt till anställningsintervjuer, möten och avresor.

Jonatan hörde inte knackningen, som föregick Jennys som vanligt för tidiga entré, och inte heller hennes försiktiga hallå-rop i hallen. Han var tacksam för den diskreta entrén eftersom tvillingarna äntligen hade somnat. Att få tänder verkade vara både jobbigt och upprörande.

Efter att ha kramat om Jenny och tackat för paketet, som föräldrarna insisterade på att få vänta med att öppna tills pojkarna var vakna, satte de tre ungdomarna sig vid matbordet. Maria hade lagat en gryta som doftade vitlök lång väg och serverade den med ångande basmatiris. Grytan smakade minst lika gott som den doftade och Jenny lät sig väl smaka. Hon lagade sällan mat hemma så det här var rena lyxen.

Jenny berättade om nästa resa, som skulle gå till Island. Den här resan skulle nog bli en väldig kontrast mot tågluffen till Italien, kibbutzen i Israel och tulpanodlingarna i Holland, de senaste målen för hennes resor. Det fanns förstås mycket att berätta från de resorna och Jonatan och Maria tyckte det var precis lagom att lyssna på reseberättelserna istället för att resa själva. Var sak har sin tid.

Lagom till kaffet berättade Jenny om sin idé:

– Jag tänkte höra om ni är intresserade av att byta boende med mig?

Jonatan och Maria stirrade på henne och var inte säkra på att de förstått frågan rätt. Jenny förtydligade:

– Ni behöver mer plats och bättre miljö för grabbarna. Jag behöver ett boende som inte kräver konstant skötsel. Ni flyttar in i torpet och jag flyttar hit. Problemet löst.

Nu sprack de två unga föräldrarna upp i breda leenden. Jennys torp hade tre rum och kök och en liten trädgård med staket. Ville de odla grönsaker så varsågoda, meddelade Jenny när Jonatan översvallande börja tacka henne för förslaget. När skulle det här ske, då, undrade den lika glada men mer planeringsbenägna Maria med kalendern i högsta hugg.

– Jag åker om två veckor. Hinner vi byta innan dess, tror ni?

Jonatan och Maria bläddrade snabbt i kalendern och nickade nästan samtidigt.

– Det måste gå! Mamma och Gunnar hjälper säkert till om vi frågar …

Jonatan tittade frågande på Maria som fyllde på:

– Ja, och nog tror jag att mina bröder kan komma, och några kompisar.

Snart var de i full gång att planera, skicka sms, ringa runt, och skriva listor. De hörde inte att tvillingpojkarna hade vaknat, förrän de båda tog i ordentligt för att få uppmärksamhet. Jenny tog snabbt chansen och gick för att lyfta upp en av killarna medan Jonatan tog den andre. Men den mindre behagliga lukten från Ludvigs rumpa gjorde att Jenny valde att omgående ropa på Maria. Det fanns gränser för vad hon tyckte ingick i fasterskapet. Byta bostad och köpa kläder var fullt tillräckligt.

Kapitel 5

Stina och Gunnar satt och drack kaffe när frågan om flytthjälp kom via sms. Det krävdes ett par textmeddelanden fram och tillbaka för att de skulle fatta vad det var frågan om, men sen var det bara att glädjas och anteckna i kalendern. Det var en jättebra idé och att bära tunga saker passade Stina och hennes superkrafter alldeles utmärkt.

– Du måste vara försiktig, sa Gunnar plötsligt. Stina höjde ögonbrynen.

– Vad menar du? Försiktig med vad?

– Tja… med krafterna. Att visa dem.

Stina kände sig splittrad. Krafterna var trots allt det bästa som hade kommit ut av mc-olyckan för två år sen. Det hade börjat som lite bättre syn men var nu betydligt mer än så. Fast de enda som visste om det var hon själv och Gunnar, och inte ens han var helt säker på omfattningen.

– Det känns bara så dumt att ha tillgång till såna krafter och inte använda dem. Slöseri, liksom.

Gunnar nickade, visst förstod han det. Men han ville inte att hans fru skulle råka illa ut eller betraktas som… ett ufo.

Stina undvek vidare diskussioner genom att byta ämne:

– Alex ska söka något mer deltidsjobb.

– Mm, det var väl inte oväntat precis.

– Nej, egentligen inte, men det känns ändå lite tråkigt. Jag önskar att jag kunde erbjuda honom mer jobb.

– Du har gjort mycket för honom ändå och det tror jag att han uppskattar. Du kan inte rädda hela världen.

Stina grimaserade lite. Hon hade känt sig som en svikare när hon slutade på ItWorks men dövat samvetet en aning med att hon kunde erbjuda Alex jobb. Ryktena sa att hennes gamla arbetsplats var ett riktigt gungfly numera. Frederiq var visst sjukskriven och hennes tidigare kollegor sökte andra jobb.

Frederiqs sjukskrivning berörde henne mest. Det måste ha hänt någon olycka för Frederiq var aldrig sjuk. Inte en enda gång på de fem år som Stina hade jobbat på ItWorks hade gruppledaren tagit en sjukdag. En kombination av exceptionell motståndskraft mot virus och bakterier, och extrem lojalitet till arbetet, antagligen. Med tanken på den förre kollegan väcktes en idé som ledde till ytterligare ett byte av samtalsämne:

– Jag ska hälsa på Frederiq nån dag, jag hörde att han är sjukskriven.

Gunnar blev inte längre förvånad över de snabba kasten som tycktes försiggå i Stinas huvud. Han nöjde sig med att nicka uppmuntrande och sa:

– Det är väl en jättebra idé. Du får hälsa från mig då.

Gunnar kände egentligen inte Frederiq mer än ytligt, men desto mer genom allt som Stina hade berättat. En hälsning kunde inte vara fel.

– Apropå att hälsa så fick jag mejl från syrran. Hon har fått ansvar för att starta en filial i Västerås.

Knattis hade sökt ganska många jobb innan hon

25

äntligen kunde ta nästa karriärsteg, bort från Migrationsverket. Nu jobbade hon på ett företag som sysslade med rekrytering, coachning och utbildning. Företaget gick uppenbarligen bra för nu skulle de utöka verksamheten.

– Vad roligt, det låter som ett passande uppdrag för henne!

– Ja, hon verkade hur glad som helst över det. Det är så skönt att hon är sig själv igen.

För ett drygt år sen, när systrarna hade haft en av sina återkommande systerhelger, hade Knattis varit rejält utarbetad och på gränsen till kollaps. Det hade inte varit någon vacker syn. Stina fortsatte, nästan filosoferande:

– Jag tror att Tony fick henne att förstå hur illa däran hon var. Han om någon vet ju hur illa det kan gå.

Det där med utbrändhet tycktes ha blivit en folksjukdom som man läste om till både höger och vänster. Systerns sambo hade råkat ut för det på allvar. Tony var numera sjukpensionär, för hjärtat hade tagit så mycket stryk av all stress, press och den alkohol som han hade försökt att självmedicinera med. Det hade inte alls varit självklart att han skulle överleva.

Gunnar jobbade numera bara halvtid, det var en av de saker han hade unnat sig när de hade vunnit så mycket pengar på Lotto. Det var trevligt att träffa kunder och kollegor några dagar i veckan för att sen göra helt andra saker resten av veckan. Han hade kollegor som säkert låg i riskzonen för att hamna i samma fälla som Tony. Bland resande säljare var det mer regel än undantag att det blev mycket fet mat och alkohol och lite sömn och motion. Man kallade det representation men det var snarare någon sorts förvuxen studentmentalitet. Gunnars räddning hade varit att han var väldigt hemmakär, vilket hade blommat ut ordentligt när han träffade Stina. Nuförtiden var det roligaste med tjänsteresorna att komma hem igen.

– Vi ska träffas i Västerås, någon dag när hon ska dit och förbereda lokalerna.

Stinas upplysning ryckte Gunnar tillbaka från hans funderingar om tjänsteresor och allt vad det kunde innebära. Han nickade men var inte säker på om hon hade sagt något mer som han borde ha noterat. Det hände att han liksom insåg sånt i efterhand, när Stina precis skulle iväg eller inte kom hem i vanlig tid.

– Ja men det låter väl trevligt. Hade ni bestämt nån dag, sa du?

Stina log roat. Hon såg på Gunnar när han försvann iväg i tankarna.

– Nej, inget är bestämt. Jag skriver upp det i kalendern då.

Gunnar avstod från att fråga vilken kalender hon menade, för det hade han inte koll på. Men det brukade ordna sig ändå.

Kapitel 6

– Stinas Support, det är Stina!

Det var det första samtalet som Stina besvarade i sin sprillans nya mc-hjälm med inbyggd blåtands- och handsfree-funktion. Lämpligt nog kom det när hon körde på en lugn landsväg och inte på motorvägen eller mitt inne i sta'n. Fast då kunde hon förstås bara låta bli att svara.

– Hej Stina, det är Annika på WGY! Har du tid att prata?

– Javisst! Jag kör hoj samtidigt så du får ursäkta om det är brusigt ljud eller så.

Hon är för rolig!

Annikas tanke nådde Stinas hjärna och hon log åt den. Det fanns en del som tyckte det var lite häftigt att hon körde motorcykel. Och farligt.

– Oj, det var värst! Ljudet verkar jättebra i alla fall. Du, jag har en fråga.

Stina släppte av lite på gasen, för att vara beredd ifall föraren till bilen som kom körandes från sidovägen inte såg henne. Men det var ingen fara, föraren stannade lugnt vid stopplinjen och väntade. Till Annika sa hon samtidigt:

– Låt höra!

– Min dotter, Adele, jobbar på Folkbilderiet i Uppsala. Hon administrerar studiecirklar och föreläsningar och sånt. Vänta lite, Stina...

Tänk att en stängd dörr inte kan få vara stängd.

Av tanken som inkräktade i Stinas huvud förstod hon att Annika hade fått besök på rummet. Det var säkert något akut, i alla fall för juristen ifråga. Stina kastade en blick i backspegeln, vred huvudet åt vänster, slog på vänsterblinkersen och körde om traktorn som hon hade hunnit ikapp.

– Ja, förlåt mig Stina, det var slut på kaffebönor i maskinen och receptionisten var på toaletten. Men krisen är avvärjd nu.

Annikas sarkastiska ton var ovanlig, hon hade normalt sett en ängels tålamod. Men kanske var det den hägrande pensionärstillvaron som gjorde henne lite otålig. Hon fortsatte där hon hade slutat:

– Jo, Adele frågade mig häromdagen om jag visste någon som var bra på it och dessutom pedagogisk. De behöver nämligen nya cirkelledare. Jag kom att tänka på dig direkt.

Stina brydde sig inte om betänketid.

– Det låter spännande! Ja, säg till henne att jag finns.

Perfekt, Adele kommer att bli så glad!

– Bättre upp, jag mejlar dig hennes kontaktuppgifter. Kontakta henne så snart du kan.

Stina såg den hastigt ankommande Porschen i backspegeln och drog sig mot den högra delen av vägbanan. Ville andra köra fortare än henne så tänkte inte hon hindra dem.

– Det ska jag göra. Tack för att du tänkte på mig!

– Tack själv, Stina! Nu måste jag sluta, det verkar som att mjölken är slut i kaffemaskinen.

Stina kunde föreställa sig den lilla grimas Annika gjorde, och också den indignation som vissa jurister visade inför dessa livets förtretligheter. Hon log förstående men sa bara hejdå till Annika, som la på luren. Samtidigt susade Porschen förbi henne, bromsade in och la sig bara några meter framför henne. Stina suckade och hoppades att handsfree-funktionen inte skulle ta det som ett kommando att ringa upp någon.

Porschens förare såg via bilens backspegel ut att vara en yngre förmåga. Ynglingen kastade ivriga blickar i spegeln, och körde gång på gång lite snabbare en bit för att sen sakta ner igen. Fåntratt. Ville han köra ikapp, tro? Det var Stina inte ett dugg intresserad av, så hon saktade farten för att få större avstånd till bilen. Föraren försökte trissa henne ett tag till men tröttnade till slut och tryckte ner gaspedalen så att bilen for iväg ur Stinas synhåll.

Stina bestämde sig för att mejla Adele när hon kom hem. Typiskt nog var hon nu på väg hem från Uppsala, det var där hon hade köpt hjälmen. Men det fanns många anledningar att åka tillbaka dit, som små svarthåriga tvillingtroll till exempel. Hon hade aldrig kunnat föreställa sig hur häftigt farmorskapet var.

Till helgen skulle bostadsbytet mellan hennes ungar genomföras och då fick hon träffa trollen, Leo och Ludvig, igen. Deras föräldrars milt optimistiska plan var att turas om att se efter dem - en bar grejor, en höll koll på grabbarna. Stina var tveksam till det effektiva i den planen men det spelade ingen roll - hon kunde på egen hand bära det mesta av möblemanget. Fast det visste förstås ingen annan än Gunnar. Stina hade funderat på att berätta om sina superkrafter för ungarna men hon hade inte lyckats hitta något bra upplägg. De gånger hon för sig själv satte ord på att hon hade fått jättebra syn, väldigt starka armar och ben, tankeläsningsförmåga och dessutom kunde flytta saker med blicken efter en mc-olycka så lät det bara... knäppt. Freakshow. Det fick bero.

Stina körde de sista kilometrarna hem på den välbekanta grusvägen, försiktigt nynnande på refrängen av en låt hon hade hört på radio. Hon hade blivit en flitig lyssnare av lokalradion sen Jonatans andra singel släpptes, och snabbt lärt sig alla möjligheter att rösta på de olika bidragen. Eller i alla fall ett specifikt bidrag. Jonatans album var snart klart, hade han sagt. Det var också något som Stina skulle skriva i brevet hon planerade till sin halvbror Johan, munken i Tibet.

Det hade kommit brev från Johan för någon vecka sen. Han hade målat av det foto på tvillingpojkarna som Stina hade skickat, och målningen var så fin att Stina hade fått tårar i ögonen. Johan hade sin vana trogen också skrivit några rader som hälsning. Stina mindes hans filosofiska citat ordagrant: "Det man kan av det man har." Hon gillade det.

Kapitel 7

Stina bläddrade i en broschyr om frimärkssamling, som inte alls kändes felplacerad bland de andra broschyrerna på Folkbilderiet. Hon hade inte haft en aning om hur vitt spridda ämnen det arrangerades studiecirklar i, förrän hon läste på studieförbundets hemsida inför detta möte med Adele.

En kvinna kom lätt haltande genom korridoren, och släktskapet med Annika var uppenbart. Lika knallgröna ögon, lika glatt leende och likadant kroppsspråk som utstrålade både trygghet och säkerhet. Stina blev lika glad av att se henne som hon brukade bli av att träffa Annika. Hon reste sig från den nersuttna fåtöljen och la tillbaka broschyren i det ställ hon hade hittat den.

– Hej, du måste vara Stina, vad trevligt, välkommen!

Adele sträckte fram sin hand och skakade Stinas hand lika energiskt som hon pratade. Hon hann i ett andetag fråga om resan hade gått bra och om Stina ville ha kaffe, och dessutom berätta hur glad hon var att Stina var intresserad av att bli cirkelledare. Det hade bara tagit några minuter från att Stina mejlade till henne första gången, till att de hade bokat tid för ett möte.

Med varsin rykande kaffekopp i handen, och en liten chokladbiskvi som personalen i Folkbilderiets café hade trugat på dem ("vi har bakat så många, ta nu!") satte sig Adele och Stina vid ett runt bord i Adeles rum. Hennes skrivbord var belamrat med plastmappar, böcker, papper, pärmar och postit-lappar. Farligt nära skrivbordskanten stod en bärbar dator som verkade ha som främsta uppgift att vara underlag för postit-lappar i olika färger.

– Ja, som jag skrev i mejlet så behöver jag ha tag i cirkelledare för flera studiecirklar om it, eftersom vår veteran Bosse nu lämnar oss. Han har hållit på i 24 år och hälften av dem efter pensionsåldern, så det är väl inget att säga om det.

Stina tyckte att det lät som att det var hög tid för förnyelse. Men hon sa inget utan nickade bara leende och tog en tugga till av den delikata biskvin. Adele fortsatte:

– Jag blev så glad när mamma tipsade om dig, hon hade bara gott att säga! Att du är duktig och trevlig och pedagogisk och lugn och tålmodig och jag vet inte allt.

Stina nickade åter, glatt överraskad över det myckna berömmet, men hon kunde inte svara eftersom hon hade munnen full av det något för varma kaffet och halvtuggad biskvi. Adele hade däremot inga problem med att prata vidare.

– Vi har haft några grundcirklar och någon fortsättning och en cirkel för bildbehandling. Men du kanske har egna idéer också, det är bara att säga till, och så brukar det komma förfrågningar från deltagarna och då kan man spinna vidare på det. Det beror förstås på hur mycket tid du kan avvara?

Nu hade Stina äntligen tuggat och svalt så hon hade möjlighet att säga något och det kändes som att det var läge för det. Hon torkade diskret bort en chokladsmula från mungipan och svarade:

– Jag kan väl börja med två-tre cirklar i veckan, så får vi se vad deltagarna tycker om mig. Och du förstås. Och vad jag tycker om uppgiften. Jag har aldrig gjort exakt sånt här förut.

Adele klappade förtjust i händerna och lirkade fram sin kalender som låg under en lutande pappershög på skrivbordet. Stina tittade ängsligt på högen men den verkade förvånande stadig i allt sitt lutande.

– Du lägger upp cirklarna precis som du vill, men du får Bosses material också, så har du något att utgå ifrån. Det är bara att du säger till mig eller nån annan av administratörerna eller cirkelledarna om du undrar över något. Här hjälps vi åt, förstår du. När kan du börja, tror du? Om en vecka?

Stina hann knappt med i den fryntliga damens iver. Om en vecka kändes läskigt nära men å andra sidan, vad var det att dra ut på? Hon skulle inte bli mindre nervös ju längre tid det gick, tvärtom. Så hon svarade:

– Ja, om en vecka ska kunna gå bra. Hur gör vi med ersättning? Blir jag anställd eller ska jag fakturera?

– Underbart! Det gör vi precis som det passar dig bäst. Vi är så tacksamma att få dig ombord! Här ser du de löner vi betalar till anställda, så får du en uppfattning. Nu är du mer kvalificerad än vår tidigare it-ledare och det ska förstås märkas på din lön.

Adele sköt fram ett papper med en tabell som visade olika timpenningar för olika ämnen. Stina tittade på dem, räknade i huvudet och kunde snart konstatera att det kunde bli helt okej om hon la på lite för planering och förberedelser. Hon berättade siffrorna hon kommit fram till för Adele, som nickade utan att ändra sitt leende det minsta lilla. Stina hade tydligen prickat rätt med sitt förslag.

– Lysande! Då ser jag till att vår verksamhetschef Bjarne gör i ordning ett avtal så får du komma och skriva på det, och förstås träffa honom också. Kan du komma förbi i morgon, på eftermiddagen?

Stina nickade som svar, eftersom hon hade hunnit ta en rejäl klunk kaffe till under tiden som Adele pratade. Hon fick påminna sig om att lägga av med det. Bättre prata med Adele först och dricka kaffe sen.

När Stina hade sagt hejdå till Adele, cafépersonalen, och ett par cirkelledare som Adele presenterat henne för i förbifarten, gick hon ut på torget och vände ansiktet mot septembersolen. Cirkelledare. Vem hade trott det? Inte Stina i alla fall. Men hon borde ha lärt sig att det sällan blev som man hade trott eller tänkt.

Kapitel 8

Knattis höll tillbaka gråten. Hon borde vara van vid det här laget. Ännu en gång gav provstickan negativt svar - ingen bebis på gång den här gången heller. Snart skulle de få besked från läkaren om de där proverna som hade tagits. Både hon och Tony hade gjort allt som de hade blivit tillsagda. Knattis bytte jobb och stressade mindre, motionerade mer och åt alla vitaminer som stod på listan de fått. Tony hade slutat snusa och de hade börjat äta vegetariskt flera gånger i veckan. Men hon blev ändå inte med barn, efter flera års försök. Utåt hade hon alltid låtsas att det var precis så hon ville ha det, att de inte hade skaffat barn med flit, men det var bara en försvarsmekanism. Hon blev lika ledsen varje gång detta hände.

Tony omfamnade henne utan ord, när hon långsamt och hopsjunken kom ut från toaletten. Kanske var det han som hade skjutit blankt igen, det skulle inte förvåna honom efter allt som han hade utsatt sin kropp för. Hans längtan efter barn var inte lika stor som Knattis men han ville att hon skulle vara glad. Hennes kropp började skaka och han försökte tappert att trösta:

– Gråt inte gumman, det ordnar sig…

Så platt och futtigt det lät, det hörde han ju, men det fanns väl inga ord som skulle låta bra i det här läget. Han strök henne över ryggen och ledde henne till soffan.

– Sätt dig så ska jag hämta en kopp te. Vill du ha lite sockerkaka också?

Tony var uppfostrad med att mat och dryck löste alla problem. Det hade synts på hans kroppshydda innan hjärtattacken. Nu var hans vikt betydligt hälsosammare men vanan att trösta med mat satt i. Knattis nickade snyftande. Hon var egentligen inte alls sugen på vare sig det ena eller det andra men det var en gullig gest.

Tony rörde oupphörligt i temuggen. Sockerbiten var sedan länge upplöst men rörandet gav honom något att göra medan han funderade på vad han skulle säga. Om han skulle säga något alls. Knattis satt tyst och smuttade på teet med pyttesmå klunkar. Hon hade slutat gråta men ögonen var röda och kinderna puffiga. Efter en lång stund sa hon:

– Jag vet inte om jag orkar gå igenom det där med provrör och sånt. Att hoppas och bli besviken igen. Jag vet faktiskt inte.

Tony rörde vidare. Han visste inte om han förväntades säga något och ännu mindre vad det borde vara i så fall. Knattis fortsatte:

– Vi kanske ska släppa det där med barn. Det kanske inte är meningen. Vi kanske ska skaffa hund istället.

Nu slutade Tony äntligen att röra, till Knattis lättnad. Det skvimpande ljudet var lite irriterande i längden. Tony sa försiktigt, ifall att Knattis inte hade menat allvar:

– Vet du, det skulle jag väldigt gärna göra. Skaffa hund, alltså. En valp.

Han tillade hastigt:

– Fast det ena behöver väl inte utesluta det andra? Jag menar, vi kan fortsätta försöka få barn och blir det så blir det, liksom.

Nu började han nervöst röra om i muggen igen. Borde han ha sagt emot och förespråkat barn istället? Knattis la handen på hans, så att han tvingades sluta röra om i teskvätten som var kvar, och sa:
– Du är så klok. Jag älskar dig.

Och så sjönk hon tillbaka i soffan och blundade. Hon log nu, till Tonys stora glädje. Han avskydde när hon var ledsen. Men han gillade hundar.

Kapitel 9

– Mamma, kan du sluta ta de tyngsta sakerna, du får mig att se klen ut!

Jonatan ropade efter Stina, halvt på skämt, halvt på allvar. Hur fasen kunde hans lilla mamma klara att bära en soffa själv? Nog för att hon var den coolaste och tuffaste lilla mamma han visste, men ändå. Hon var ingen bodybuilder, precis. Fast hon var förtvivlat envis, på exakt samma sätt som hans tvillingsyster. När han och Jenny hade varit i tonåren och morsan och Jenny hade rykt ihop... Då hade Jonatan antingen stängt in sig på sitt rum och spelat musik med hörlurar över öronen, eller snörat på sig sina inlines och åkt några mil. Hade knäna hållit så hade han kunnat bli riktigt bra på det. Men att vara lång och dessutom växa fort var tydligen ingen höjdare för inre knäkomponenter, enligt vad läkaren hade förklarat. Han fick bara välja på att ha ont eller lägga av, och valde det sistnämnda.

Det var Jonatans tur att hålla reda på tvillingpojkarna, som hittills hade skött sig exemplariskt. De tyckte länge att det var tillräckligt fascinerande att sitta i varsin stol och titta på när folk sprang ut och in ur lägenheten, bärandes på saker, och varje gång de passerade glatt gulla med grabbarna. Men nu hade hungern tagit ut sin rätt. Jonatan hällde upp innehållet ur några mikrouppvärmda barnmatsburkar på två tallrikar - oxstek med potatis och sås skulle det visst föreställa. Tur att det stod så på etiketten för det var inte lätt att se när det låg på tallriken. Han satte på pojkarna haklappar, gav dem varsin plastsked i form av en traktorskopa respektive en snöskyffel och sköt fram tallrikarna. Pojkarna åt glatt och ineffektivt - inte allt hamnade i munnen och koncentrationen bröts lätt när någon kom eller gick, med eller utan möbel eller kartong. Jonatan hjälpte till här och var och påminde om att dricka vattnet ur de ovältbara muggarna. Som efterrätt fick det bli varsin skorpa, även till Jonatan.

Jenny kom in i köket lagom som pojkarna var av-tvättade, och hon möttes av glada utrop. Hon skrat-tade och tog emot Leo från Jonatan.

– Ska jag försöka få dem att sova?

Jonatan log tacksamt och torkade snabbt av bordet med disktrasan, samtidigt som han försökte hålla Ludvig kvar under armen. Jenny fångade upp den senare och borrade in näsan i nacken på honom. Ludvig skrattade så att han nästan kiknade.

– Ja tack, vill du göra det? Jag fattar inte vad du har för magisk förmåga, men varken Maria eller jag kan få dem att somna så snabbt som du kan.

– Yrkeshemlighet. Vi kranförare utbildas speciellt för sånt. Fast det är superhemligt.

Jenny bar iväg med de fnittrande pojkarna till deras rum, där deras sängar under flytten hade ersatts av en madrass. Hon bäddade ner pojkarna, la sig själv på golvet bredvid och började berätta en av sina på-hittade sagor med låg mjuk röst. Den sidan av sys-tern såg Jonatan mycket sällan, men han älskade den inte mindre för det. Han drog försiktigt igen dörren till rummet och gick ut för att fortsätta bära möbler.

Gunnar ansvarade för stuvandet i den skåpbil de hyrt och det gjorde han med den äran. Ingen hade trott att så mycket skulle få plats på en gång. En vända till så skulle de vara klara. Det gick ju inte saktare av att Stina envisades med att bära två kartonger i taget - hon påstod sig få tag på lätta kartonger hela tiden.

Maria gick runt i torpet som nu var fyllt med möbler och kartonger huller om buller. Det torp som skulle vara deras hem ett bra tag framöver. Hon tyckte det var oerhört spännande, och väldigt snällt av Jenny, även om hon hade absolut noll koll på vad man behövde göra i ett hus. Maria hade bara varit några år gammal när hon och hennes familj kom till Sverige och de hade alltid bott i lägenhet, i ganska trista delar av sta'n. Såna där betong-ghetton, där majoriteten av invånarna hade utländsk bakgrund och där det luktade matolja och vitlök i varenda trappuppgång. Där man åt middag hos grannen lika ofta som man åt hemma. Hon hade aldrig känt sig ensam och var van vid att ha folk omkring sig mest hela tiden. Det här med att bo på landet skulle bli en omställning, men hon såg fram mot det. Förändring var bra, tyckte hon.

Dealen var att syskonen nu bytte hem och utgifter med varandra, men inte ägande. Det fick bli en senare fråga. Jenny såg framför sig flera år av resande medan Jonatan gladdes åt att hans söner skulle växa upp på landet, så som han och hans syster hade gjort.

41

Tvillingpojkarna hade godheten att sova en dryg timme, vilket gjorde att nästan allt var klart när de vaknade. Jenny hade slumrat till samtidigt med pojkarna, och fått så dåligt samvete över att de andra släpade med hennes möbler att hon åkte iväg och köpte pizza till hela gänget. Så nu satt allihop i hennes - eller skulle man säga Jonatan och Marias - trädgård och åt pizza, drack läsk och pratade.

Gunnar tittade på klockan och konstaterade att det var dags att lämna tillbaka skåpbilen, om de inte skulle behöva betala för ytterligare ett pass. Han sa hejdå till de som var kvar, och till Stina som skulle köra Miatan. Hon skulle skjutsa hem en av Jonatans kompisar på vägen till hyrbilsfirman.

Jenny kramade om sin bror och Maria, pussade på tvillingpojkarna, och gav sin bror några sista råd om värmepumpens skötsel och den ibland kärvande källardörren. Sen satte hon sig på den damcykel hon hade köpt begagnad när hon hade sålt sin gamla bil. Hon hade ännu mindre nytta av bilen nu när hon skulle bo inne i stan, när hon inte var ute och reste alltså. Hon hade föreslagit Jonatan att köpa bilen men han hade avstått. Han visste att den inte var särskilt kärleksfullt hanterad under Jennys ägo. Gunnar hade erbjudit sig att hjälpa dem att hitta en schysst begagnad bil, vilket var för väl för Jonatan kunde köra och han visste hur man tankade, men sen tog det stopp. Inte illa ändå, tyckte han. Tillräckligt bra, som morsan brukade säga. Precis som deras nya hem.

Kapitel 10

Alex gick upp för trappan till det hus där Frederiq bodde. Han behövde ett intyg från tiden då han hade praktiserat på ItWorks, för att använda det när han sökte jobb. När han hade varit in på ItWorks och hälsat på och frågat efter gruppledaren, fick han höra att han fortfarande var sjukskriven. Killarna som jobbade kvar - Nadir och Roger och en ny praktikant som han inte uppfattade namnet på - såg trötta ut. Lite less, och det kunde man väl förstå. Alex kände sig tacksam över hur det hade blivit för hans del, trots att det inte var helt optimalt med deltid.

Dörrklockan gav ifrån sig en kort men distinkt signal, en sån där som man inte kan missa. Alex lyssnade efter steg eller röster inifrån lägenheten men det var knäpptyst. Konstigt, Frederiq borde väl vara hemma om han var sjuk. Fast han kunde ju vara på läkarbesök förstås. Alex tryckte på ringknappen igen. Fortfarande ingen respons. Han vände sig om för att gå men fick en ingivelse och vände tillbaka. Han tryckte försiktigt ner dörrhandtaget - och dörren gled upp. Olåst. Då borde Frederiq definitivt vara hemma. Om han sov så djupt att han inte hörde dörrklockan så var det inte bra att dörren stod olåst. Alex sköt upp dörren, som hindrades av en trave brev, reklam och morgontidningar.

– Hallå, är det nån hemma?

Alex kände sig som en inkräktare när han klev över brevhögen och kikade inåt lägenheten. Han ropade några gånger till och lyssnade intensivt efter livstecken. Några steg senare kunde han se in i köket och där såg det ut som… ja, som det hade sett ut hos en del av hans kompisar under gymnasietiden. Ett katastrofområde av smutsigt porslin, fläckiga glas, bestick med intorkade matrester, brödsmulor, kaffefläckar, och matkartonger från ställen som levererade mat hem. Inte Frederiqs stil, precis.

Ytterligare några steg framåt ledde till vardagsrummet. Rummet var sparsamt möblerat och det fanns ingen tv. Rummet var märkligt tomt på några ställen men hopträngt med prylar på andra ställen. En matta låg inskjuten under soffan och på den pall som väl skulle föreställa soffbord fanns ett par pizzakartonger och två halvtomma kaffemuggar. Innehållet i den ena muggen var inte längre särskilt likt kaffe.

Till höger fanns ytterligare ett rum, vars dörr stod på glänt. Det var mörkt där inne och Alex antog att det var sovrummet. Han svalde hårt och gick fram mot dörren, osäker på om han ville öppna den. Varför hördes inga ljud?

– Hallå, Frederiq, sover du?

Alex pratade lågt samtidigt som han puttade upp dörren. Det första han såg när hans ögon hade vant sig vid mörkret var en säng, där det antingen låg en person eller ett väldigt stort och knöligt täcke. Han svalde igen och fick tvinga sig själv att fortsätta. När han smög fram mot sängen förstärktes känslan av att vara en inkräktare och den dämpades inte när han sträckte fram en darrande hand mot högen i sängen.

– Frederiq, hoho, sover du?

Alex ruskade först försiktigt och sen lite kraftigare på högen. Den gjorde motstånd. Till slut hördes ett kvidande och Alex ryckte undan sin hand som om han bränt sig. Alex såg sig om efter belysning och fick till slut ta till den inte så skonsamma taklampan.

– Hur är det med dig, frågade Alex och la åter sin hand på täcket. Nu kunde han se Frederiqs kortklippta hår sticka ut utanför täcket, rufsigt och inte tvättat på ganska länge. Alex fick bara stönanden till svar. När han försiktigt drog ner täcket och fick syn på Frederiqs ansikte drog han häftigt efter andan.

Frederiq var blek, nej grå, i ansiktet. Orakad, mager, insjunken i kinderna. Hans ögon var slutna men det ryckte i dem, som om Frederiq försökte öppna dem men inte kunde. Andningen var långsam och det lät som att han försökte säga något men inga ljud kom ut. En svag ammoniaklukt avslöjade att Frederiq vid något tillfälle inte hade kommit iväg till toaletten i tid. Alex tog upp sin telefon ur fickan och slog 112.

När ambulansen hade hämtat Frederiq tittade sig Alex åter omkring i den försummade lägenheten. Ambulanspersonalen hade sagt att Frederiq var rejält uttorkad och att det var tur att Alex hade hittat honom. Han hade inte klarat sig särskilt länge till utan vätska. Hur kunde det ha blivit så här?

Alex var från sin barndom van vid att röja. När hans pappa hade supit klart för den gången, det vill säga när pengarna var slut igen och då oftast även hyrespengarna, så slocknade pappa där han satt. Alex brukade hålla sig vaken tills pappa somnat för att sen smyga runt och plocka bort ölburkar, cigarettfimpar och annat skräp, så att hans småsyskon inte skulle hitta det när de vaknade.

Alex kavlade upp tröjärmarna och satte igång. Han slängde skräp, diskade, sorterade posten, bytte täcke och bäddade rent, startade en tvättmaskin och hängde ut mattor på balkongen. Några fönster öppnade han på glänt för att vädra ut den instängda och unkna luften. Gardinerna fladdrade i korsdraget och de torra blommorna på fönsterbrädan höll på att ramla omkull. Alex bedömde att de var utom räddning och lät dem göra reklamhögen sällskap i ytterligare en soppåse. Till slut hittade han dammsugaren och drog runt med den ett slarvigt varv i lägenheten. Det var ändå bättre nu än innan.

I ett nyckelskåp i hallen fanns flera nycklar och en av dem visade sig gå till ytterdörren. Alex kollade att han hade stängt fönster och balkongdörr efter sig och tog de tre soppåsarna i ena handen. Han låste ytterdörrens båda lås och gick ut för att hitta soptunnan, som visade sig vara strategiskt placerad precis vid gatan. Alex kände sig helt färdig, både fysiskt och mentalt. Det här ville han berätta om för någon, och den enda han kunde komma på var Stina.

Stina pustade ut. Introduktionen med de nyanställda på WGY hade gått jättebra och Stina såg det som en sorts genrep inför den förestående cirkeldebuten. Hon hade berättat för Annika hur härlig hon tyckte att Adele var, och förstås tackat för de fina omdömena som Annika hade gett. Annika bara viftade med handen men såg samtidigt väldigt stolt ut över sin dotter.

Avtalet med Folkbilderiet hade skrivits på som planerat och då hade Stina träffat Bjarne för första gången. Trevlig prick, han med. Alla på Folkbilderiet verkade så engagerade, de brann verkligen för studiecirklar. Stina avundades de som brann, själv hade hon inte riktigt hittat sitt kall ännu och det fanns väl ingen garanti att hon någonsin skulle göra det.

Mobiltelefonens ihärdiga surrande avbröt hennes tankar. Alex namn visades på displayen.

– Hej Alex, hur är läget?

Jag tycker så synd om honom.

Alex tanke var så innerligt sorgsen. Stina kunde känna hur rejält nedstämd han var och det gjorde också henne ledsen. Alex sa ingenting så Stina försökte igen:

– Alex, har det hänt nåt?

Först kom en djup snörvlande suck. Sen började Alex berätta, först sakta men sen allt snabbare och rätt förvirrat. Om hur han hade hittat Frederiq och att han var sjuk och nästan död och att dörren var olåst och att Alex hade städat upp det värsta och att Frederiq var på sjukhus nu. Stina fick verkligen anstränga sig för att hänga med.

– ...så jag låste dörren och nu har jag hans nyckel och jag vet inte vad jag ska göra.

Alex röst var hela tiden precis på gränsen att spricka. Stina hade helst velat hålla om killen som hade haft det tuffare i livet än många andra men som ändå aldrig beklagade sig. Hon sa med eftertryck:

– Du är en hjälte, Alex. Du har gjort allt man ska och mer därtill. Gå hem och vila nu. Jag kollar upp hur det är med Frederiq senare. Han lever och det är huvudsaken.

Tänk om han hade dött, alldeles ensam.

Alex förtvivlade tanke kom ungefär samtidigt som ännu en snörvlande suck. Han viskade:

– Det var så hemskt. Att han låg där alldeles ensam och nästan... dog. Så jävla tragiskt.

Stina hade svårt att hitta ord som kunde trösta.

– Men han dog inte, Alex. Tack vare dig. Tänk på det istället. Det kommer att ordna sig nu.

– Ja... ja, jag hoppas det. Han har ju oss, liksom.

– Ja precis, han har oss.

Stina kände ett sting av dåligt samvete. Hon hade ju tänkt hälsa på Frederiq. Om hon hade gjort det så att Alex hade sluppit den här upplevelsen... Om hon hade gjort det tidigare så att det inte hade behövt gå så långt... Om, om, om. Hur var det hennes salig far hade sagt? "Om inte om hade varit, hade kärringen skjutit björn med kvastskaftet." Hon hade inget behov av att skjuta någon björn men hon hade gärna känt sig som en bättre människa än hon gjorde nu.

Kapitel 11

– Hej och välkomna, allihopa!

Stina tittade på de åtta personer som satt framför henne, alla vid varsin dator och alla med uppmärksamheten riktad på henne. De såg snälla och glada ut, tänkte Stina lättad.

– Jag heter Stina och jag är ny som cirkelledare för it-ämnen. Det här är min allra första cirkel, faktiskt, så nu får ni vara snälla mot mig.

Deltagarna log och nickade och nån skrattade till. Isen var bruten och Stina fortsatte med att berätta lite om sig själv och sin bakgrund. Sen lät hon deltagarna göra detsamma så att hon kunde pricka av dem på närvarolistan. Hon hade ritat upp ett rutmönster på sitt anteckningsblock och skrev namn och några stödord i varje ruta, som hon tänkte skulle motsvara respektive sittplats. Förhoppningsvis skulle deltagarna välja samma plats vid nästa tillfälle, annars skulle systemet falla platt. Hon fick väl köra med "damen" och "herrn" annars.

– Det här är en grundkurs, så vi ska börja från början. Vi ska försöka hitta en nivå som passar alla, men ni som kan ha lite mer får försöka ha lite tålamod i början. Är det okej? Då börjar vi med att bekanta oss med datorn.

Deltagarna nickade unisont och började med varierande iver och rutin att titta på skärmen, dra med musen, trycka på tangentbordet. När Stina gick runt och tittade, för att skapa sig en bild om deltagarnas respektive nivå, blev hon mycket tacksam att datorerna hade en programvara som återställde alla inställningar efter omstart. Det flyttades ikoner, byttes upplösning och startades mängder med program. Dialogrutor kom upp och det pep både här och där.

– Om ni nu tittar här framme, så ska vi gå igenom hur man klickar och dubbelklickar…

Stina pratade och visade och gav små övningar. Hon gick omkring och hjälpte till och förklarade på nya sätt. Hon berömde och peppade och skojade. Hon trivdes som fisken i vattnet.

– Oj, hör ni, nu är det dags att ta en bensträckare och lite fika! Passa på och starta om era datorer så är de i bra skick när vi kommer tillbaka. Kommer ni ihåg hur man gjorde?

Någon berättade stolt hur man skulle klicka och någon annan sneglade på sin bordsgranne för att få lite ledtrådar. Det var ingen som direkt sprang till cafeterian, vilket kunde bero både på att man tyckte det var rätt kul att hålla på med datorerna, och på att alla anpassade farten till den herre som hade lite svårt att gå. Stina kände ömhet för sin lilla grupp, som hon skulle guida in i it-världen. Det här var riktigt roligt!

Efter cirkelns slut satte sig Stina på en stol i datorsalen och blundade, glad och nöjd men också trött. Hon hade varit rejält nervös inför debuten och nu när spänningen hade släppt kände hon sig helt urlakad. Men vilken grej! Hon kunde ju! Det verkade som deltagarna hade varit nöjda också. Förhoppningsvis skulle alla komma tillbaka nästa vecka.

Stina samlade ihop sina papper och kollade att alla datorer var avstängda. Hon släckte och låste efter sig och gick till den nu nästan tomma aulan utanför den stängda cafeterian. Det hade varit någon sorts föreläsning eller möte i en av de större salarna och några personer satt kvar vid ett bord och diskuterade intensivt. Stina nickade åt deras håll och gick ut på gatan. Även på torget var det ödsligt, inte så oväntat så här en vardagskväll mitt i veckan. Stina var glad att hon hade tagit bilen för hon kände sig inte precis pigg och alert, och då var det inte bra att köra motorcykel. Hon var tacksam för sin superskarpa syn som gjorde det lättare att köra även i den skymning som nu hade lagt sig. Att köra på ett vildsvin med motorcykel hade varit illa nog och hon hade inget intresse av att göra om något liknande med bil.

På hemresan vandrade hennes tankar till Frederiq. Det hade inte varit lätt att få några upplysningar när hon ringde till sjukhuset, de lämnade bara ut sån information till anhöriga. Stina hade ingen aning om hur Frederiqs familjeförhållanden såg ut, förutom att han var gift med Dennis. Hon tänkte åka till sjukhuset i morgon, före cirkeln, eftersom hon i alla fall fått veta när det var besökstid. Det stundande besöket gjorde Stina nästan lika nervös som nästa cirkelstart. För henne var Frederiq en entusiastisk och livsglad person som ställde upp för alla. Hur kunde han ligga ensam i en lägenhet och nästan törsta ihjäl? Alla de som han hade ställt upp för, var fanns de nu? Stina fick en bitter smak i munnen när hon insåg att hon själv var en av dem som hade svikit honom.

Kapitel 12

Sköterskan kollade droppet och katetern och log vänligt mot Frederiq.

– Vad bra att du åt upp soppan!

Frederiq log blekt tillbaka och kände sig som en fyraåring. Duktig ponke, som ätit upp sin mat. Undrar om han skulle få efterrätt? Fast om det var sån där hemsk signalröd gelé som dagen innan så avstod han helst.

Han hade fått berättat för sig att hans värden hade varit rätt katastrofala när han kom in på sjukhuset. Det var tur att den unge mannen hade hittat honom i tid och påkallat hjälp. Frederiq förstod inte vilken ung man de menade. Hade Dennis kommit tillbaka? Det vore underbara nyheter! Ingen annan hade nyckel till hans lägenhet, fast han hade ett svagt minne av att Dennis hade lämnat sin nyckel på köksbordet när han tog sina kockknivar och böckerna om vinprovning och gick. Hur hade någon kunnat komma in i lägenheten då?

Dörren sköts upp och Frederiq förväntade sig ännu en sköterska som skulle ta ett blodprov eller ge honom någon spruta. Det var det enda som hände om dagarna. Sköterskorna hade erbjudit honom dagstidningar och att få in en tv på rummet, men han avböjde. Han orkade bara inte.

Stina fick anstränga sig för att inte se så chockad ut som hon kände sig. Frederiq var bara en skugga av sitt forna jag, där han låg i den sterilvita sängen blek, skäggig och mager. Det syntes inte minsta spår av hans vanliga energi.

– Hej Frederiq, hoppas jag inte stör?

Det kändes som en dum öppningsreplik men Frederiq log svagt. Han var glad att se en människa han kände.

– Hej Stina, kommer du, nej du stör inte. Jag har en lucka i kalendern precis nu faktiskt.

Att han försökte skämta var väl ändå någon sorts sundhetstecken. Men han log inte med ögonen. Var han lika besviken på Stina som hon var på sig själv, för att inte ha funnits där när han behövde det? Hon drog fram en stol och satte sig bredvid sängen.

– Jaha, här ligger du... Herregud Frederiq, vad hände egentligen?

Frederiq suckade. Han var tyst en lång stund, så länge att Stina började undra om han somnat där han låg blickstill med slutna ögon. Men så öppnade han ögonen och började berätta med tunn röst. Om jobbet och neddragningarna och hur han fått svårare att sova och till slut... gett upp. Han nämnde bara i förbigående att Dennis hade flyttat för han kunde inte prata om det utan att rösten bröts och tårarna vällde upp i ögonen.

– Men jag vet inte hur jag kom hit. De pratar om en ung man som ringde ambulansen.

– Det var Alex. Han skulle be dig om ett arbetsintyg och dörren stod olåst... Så, ja, han hittade dig. Det var visst ingen vacker syn.

Stina skruvade på sig och pillade på sina naglar. Hon undrade vad som for genom Frederiqs huvud nu. Hon borde ringa upp honom så att hon kunde läsa hans tankar.

Frederiq blundade igen. Alex alltså. Som Frederiq inte hade kunnat - eller snarare fått - anställa efter praktiken. Det blev killen som räddade hans liv. Oväntat. Till Stina mumlade han:

– Jag måste tacka honom sen.

– Var sak har sin tid. Du måste bli stark och frisk först. Så du får komma hem igen.

– Usch, hem, jag vet inte… Jag vet inte om jag vill nånting alls egentligen.

Stina kunde förstå att Frederiqs livsgnista inte var den starkaste just nu. Men hon visste inte vad hon kunde säga för att ändra på det.

– Du får nog ta en dag i taget. Tänk inte på det nu. Alex vill gärna komma och hälsa på dig, är det okej? Frederiq nickade och fick åter tårar i ögonen.

– Tror du att du kan få tag i Dennis? Och berätta att jag är här. Ifall att han kanske sökt mig och blir orolig.

– Jo… jag kan väl försöka. Kan jag titta i din mobil efter telefonnumret?
Frederiq nickade igen och gjorde en gest mot ett skåp i hörnet.

– Jag tror att mina grejor ligger där inne. Fast jag vet inte om mobilen är med.
Alex hade haft sinnesnärvaro nog att stoppa ner mobilen och lite hygienartiklar i en påse som ambulanspersonalen tog med sig. En sköterska hade packat upp mobilen, insett att den var död och satt den på laddning. Stina hittade snart Dennis telefonnummer till jobbet. Hon skulle ringa honom efter cirkeln, den som det var dags att åka till nu.

De bytte några artighetsfraser innan Stina gav sig iväg. Hon kände sig inte upplivad av det hon hade sett och hört men det var en lättnad att få träffa Frederiq igen. Hans väg tillbaka skulle nog bli lång men den fanns i alla fall.

Frederiq grät stilla när Stina hade gått. Det hade han inte gjort på länge men det kanske var ett framsteg, att han faktiskt kände något igen. Framförallt kände han tacksamhet mot Alex och Stina. Han var visst inte helt ensam i hela världen, trots allt.

Kapitel 13

Knattis höll hårt i Tonys hand medan läkaren pratade på.

– Så det är vad man kan göra åt det, och sen finns det flera andra alternativ. Ni ska absolut inte ge upp, det tycker jag inte, det finns ju fortfarande en teoretisk möjlighet.

Knattis och Tony hade hunnit prata åtskilliga gånger inför det här besöket, om hur de skulle göra om läkaren sa precis det här som han sa nu, precis det här som de innerst inne redan visste. Att de förmodligen inte kunde få barn. Att de kunde testa med än det ena, än det andra, men det fanns förstås inga som helst garantier. De hade bestämt sig.

– Vi väntar med… allt sånt där.

Läkaren såg förvånad ut. Han var inställd på att sätta igång och boka behandlingar för det närmaste halvåret, för det var vad som brukade hända efter att han hållit sitt lilla tal.

– Vill ni inte gå vidare?

– Nej. Vi väntar. Det kanske kommer igång av sig själv så småningom.

Läkaren visste att de chanserna var mikroskopiskt små men han sa det inte högt. Istället slog han ihop sin kalender och reste sig upp för att ta sina patienter i hand.

– Jaha, då så, ja det är förstås upp till er. Jag önskar er lycka till, och så hör ni bara av er om ni skulle ändra er.

Knattis och Tony nickade och log artigt och tackade

så mycket för hjälpen. Nu skulle de åka till kenneln och hämta en annan bebis.

De hade ägnat åtskilliga timmar åt att surfa omkring på internet och kolla fakta om hundraser och leta efter kennlar. En aktiv hund ville de ha, för Tony ville gå långa promenader och Knattis kunde tänka sig att börja med agility. Det skulle inte vara någon alltför stor hund men inte heller någon sån där liten "skit i snöre" som Tony något föraktfullt uttryckte det. Ingen chihuahua eller papillon alltså. Till slut hade de bestämt sig för flatcoated retriever och lyckats hitta en kennel inte alltför långt bort som hade valpar till salu. På bilderna var valparna, i likhet med alla djurbebisar, förstås helt bedårande. En av dem hade enligt uppfödaren ett skönhetsfel, han hade en vit teckning som den här rasen tydligen inte skulle ha. Med lite fantasi såg det ut som ett hjärta på halsen och det tyckte både Knattis och Tony var ett tecken. Valpen var på grund av sin "defekt" lite billigare än sina syskon.

Uppfödaren såg inte alls ut som hon lät i telefon tyckte Knattis, hon var tvärtom lite lik Cruella De Vil i Disneys dalmatinerfilm. Hon var tack och lov betydligt trevligare än filmfiguren och bjöd på kaffe och nybakta bullar i sitt röriga men hemtrevliga kök. När de hade gått igenom papper och avtal och gjort upp betalningen så var det dags att gå ut till hundhuset, där valparna och deras mamma hade eget rum avskilt från de andra djuren.

Den tolv veckor gamla valpen, som hade ett långt och tjusigt kennelnamn men som skulle kallas Tjabo

av sina nya ägare, var fullt inbegripen i en brottnings-
match med några av sina syskon. Uppfödaren skiljde
dem varsamt åt och distraherade samtliga deltagare
med en godisbit var. Hon lyfte upp Tjabo och räckte
honom till Knattis. Valpar gör något med en, så även
med Knattis. Hon pep "ååh" och "ooh" och pussade
och klappade och kramade det lilla yrvädret som
fann sig en stund men snart började vrida sig. Tony
fick hålla honom och undslapp sig det lite manligare
- tyckte han själv - "tjaha, lilla gubben, dig ska det
nog bli ordning på, jajamensan". Men inte heller han
kunde avstå från att stoppa näsan i den mjuka pälsen
och stryka över de lena öronen.

Efter att ha sagt adjö och fått med sig hundmat
och valphalsband och en enkel transportbur så rul-
lade de hemåt. Knattis hade buren i knät och pratade
jollrande med den först gnyende men snart sovande
valpen. Hon log lyckligt och tittade på Tony.

– Vilken bra idé det här var. Jag älskar redan den
här lille parveln.

Tony log han med. Han var också lycklig. Självklart
för valpen men mest för att Knattis var glad igen.
Fast det skulle bli riktigt roligt med lite fart i hemmet.
Att ha valp är nära nog som att ha småbarn, det
skulle de snart bli varse.

Kapitel 14

Knattis gäspade stort igen och var glad att hon bara hade några mil kvar till Västerås. I natt hade hon tagit om Tjabo, vilket innebar gå upp var fjärde timme för att ge mat och gå ut och pinka. Valpen skulle pinka alltså, inte Knattis. Redan efter dessa två första veckor verkade det gå åt rätt håll med rumsrenheten, enligt Tony som hade hand om valpen på dagtid.

Knattis skulle möta Stina för lunch och sen skulle de kolla på filialens lokaler som snart var inflyttningsklara. Den här möjligheten att få starta och driva den nya filialen gjorde henne så glad, nu skulle hon få större svängrum för sina egna idéer. De fria tyglarna och det egna ansvaret var en milsvid skillnad från hennes förra jobb. Där hade rikets lagar och beslut fattade på hög nivå varit det som styrt verksamheten. Då fanns det inte plats att tänka så mycket utanför den berömda boxen.

Stina lyfte handen för att tuta på den lilla bilen framför henne, som inte kom iväg när det blev grönt ljus. Hon hejdade sig när hon såg den av smuts nästan helt dolda övningskörningsskylten. Dess betydelse bekräftades av att bilen hoppade till och fick motorstopp. Den stackars föraren behövde inte fler stressmoment just nu. Det tog en stund innan vederbörande fick igång motorn och ordning på det i början så svårbehärskade dragläget och lyckades komma iväg, så trafikljuset hann slå om till rött igen. Stina suckade. Typiskt. Nåja, hon hade gott om tid innan hon skulle träffa Knattis.

Tankarna vandrade iväg till samtalet hon hade haft med Dennis för ett tag sedan. Det kändes självklart, när Frederiq bad henne, att säga att hon skulle ringa honom. I eftertankens kranka blekhet kändes det desto dummare. Hon kände ju inte Dennis, hon hade knappt träffat honom. Han reste mycket och var inte hemma de gånger ItWorks hade haft någon företagsgemensam aktivitet med respektive in-bjudna. Dennis hade låtit ganska förvånad när hon ringde och hon fick ägna en stund åt att förklara vem hon var, innan hon kunde gå in på varför hon ringde.

Han hade inte sagt så mycket. Mest hummat och stuckit in fraser i stil med "jag förstår" och "okej". De av hans tankar som Stina hade fångat upp gav snarare intrycket av att han höll på med något annat samtidigt, typ läste ett avtal eller liknande med styltig text och svåra ord. Men han hade fått veta var Fre-deriq var och hur han mådde i alla fall och sen kunde inte Stina göra så mycket mer.

Stina hoppade till när hon själv blev tutad på - tra-fikljuset hade slagit om till grönt igen och där satt hon och funderade. Hon vinkade ursäktande i back-spegeln och gasade iväg. Precis när hon passerat ljus-stolpen susade en bil förbi på höger sida och vräkte sig in framför henne. Stina skrek till och bromsade hårt, hytte med näven och hoppades samtidigt att hon inte skulle få in bilen bakom sig i bakluckan. Vil-ken idiot! Och så gräslig färg på bilen dessutom. Mintgrön. En Porsche. Hur många såna bilar i den

färgen kunde det finnas? Inte alltför många förhopp-
ningsvis, för det där var inte snyggt. Det var den stol-
len som hade försökt rejsa med Stina när hon körde
motorcykel häromdagen. Stina skrek några svordo-
mar efter bilen som redan var en bra bit bort, efter
att den kört på fel sida av en refug och skrämt en
man som gick med barnvagn. Stina själv hade blivit
lika rädd som arg. Dårarna klarade sig visst alltid, när
andra runt omkring dem kastade sig undan. Usch.

Fortfarande småskakig parkerade Stina i parke-
ringshuset och försökte hitta någon lämplig refe-
renspunkt. Hon och hennes usla lokalsinne hade åt-
skilliga gånger vimsat omkring i olika parkeringshus
och letat efter bilen. Kanske skulle hon sätta en sån
där orange vimpel på taket, en sån som småbarn har
på sina cyklar. Fast det hade Gunnar bestämt prote-
sterat mot. Däremot tyckte han att en gps-spårare,
på både fru och bil, kunde vara en bra idé.

Stina och Knattis skulle mötas på torget som var
det enda de båda hittade till i Västerås. Tillsammans
skulle de först hitta en lunchrestaurang, sen ta sig till
lokalerna som enligt Knattis skulle ligga ganska
centralt. Stina såg sin systers härliga hårman på långt
håll och vinkade med hela armen till henne. Knattis
vinkade tillbaka lika grandiost. När det var nära nog
fick det bli en rejäl kram istället. Stina sköt sin syster
ifrån sig, höll henne om båda axlarna och tittade be-
undrande på henne.

– Du ser helt strålande ut!

Det var en så enorm skillnad mot för ett drygt år sen,
vilket påminde Stina om att det borde vara dags för

en ny systerhelg igen. Knattis log stort.

– Tycker du det, tack! Ja, jag mår jättebra faktiskt. Var ska vi äta, jag är vrålhungrig!

De tittade sig omkring. Stina frågade:

– Ska vi gå åt det håll som lokalen ligger och se vad vi hittar?

– Smart, det gör vi. Vänta, jag måste kolla…

Knattis tog upp mobiltelefonen, startade en kartapp och knappade in adressen till lokalen. Systrarna vände och vred på kartbilden och kunde till slut börja gå åt rätt håll. Arm i arm pratade de på om vardagliga saker. De stannade till vid menyskyltarna för två olika restauranger innan de bestämde sig för den tredje, ett ställe som såg trevligt ut och hade ett italienskklingande namn och en likadan meny.

Det var gott om lediga bord och de fick snart in sin mat, varsin pastarätt som lät helt förförisk på beskrivningen i menyn. Den doftade av vitlök och basilika, och hade krämig sås frikostigt fylld med champinjoner och oxfilé och med riven parmesan ovanpå.

– Ojoj, det här stället måste vi komma ihåg!

– Ja, kära nån. Det var nog den godaste pasta jag nånsin ätit.

Servitören gled upp vid deras bord och fyrade av ett gnistrande brett och reklamvitt leende. Han såg ut som en tvättäkta italienare men pratade med dalmål. Charmen var påkopplad och han föreslog att "de vackra damerna" skulle prova den vita chokladpannacottan med limemarinerade bär till efterrätt. Den var världsberömd i hela Västerås, hävdade han stolt. Systrarna kunde inte motstå vare sig smickret eller dessertbeskrivningen. Snart kunde de ge servitören rätt, för efterrätten smakade minst lika bra som huvudrätten.

– Jag är så mätt, pustade Stina, och Knattis orkade bara nicka till svar. Tur att de skulle gå en bit till sen, för annars var risken för total paltkoma mycket överhängande. De betalade, och berömde översvallande servitören för den goda maten. Han verkade nöjd med både berömmet och dricksen.

Promenaden till lokalerna gick i lugnt tempo. De gick fel ett par gånger innan de till slut hittade den kontorslokal i marknivå som skulle bli företagets Västerås-ansikte utåt. Företagsnamnet stod redan på ett av fönstren, medan det andra fönstret var täckt av brun papp i väntan på sin skylt. Knattis låste upp och klev ivrigt in. I lokalen stod några kartonger och ett par bord och stolar, som rimligen skulle behöva möbleras om lite snitsigare. Datorerna skulle komma vilken dag som helst och tanken var att filialen skulle slå upp portarna om ett par veckor.

– Så jag ska möblera klart och så planerar jag för ett litet öppningsevenemang och så ska jag ut och besöka ett antal företag…

Knattis visade sin entusiasm med hela kroppen. Att hon brann för det här var det ingen tvekan om. Stina blev inspirerad av att bara höra och se henne. Den arbetssökande som skulle få hennes hjälp kunde skatta sig lycklig.

– …och jag ska få anställa en administratör på halvtid ungefär, typ nån som kan hålla koll på datorerna och fixa med administration och sånt där, medan jag är på företagsbesök eller rekryteringsträffar till exempel…

Stina avbröt systern med ett litet rop.

– Åh! Jag vet! Den perfekta administratören och datoransvarige. Alex!

Det var ju klockrent. Han sökte deltidsjobb och han kunde börja direkt. Datorer och administration kunde han, det kunde både Stina och Frederiq intyga. Knattis tittade först oförstående på Stina, innan hon kopplade ihop namnet med rätt ansikte. Hon hade träffat honom några gånger och kände till delar av hans historia.

– Du menar den där grabben som sov hos dig ibland, han med alla syskon och suputen till far? Han som du anställde när du startade eget?

– Precis han. Det är en kanonbra grabb. Men jag har bara jobb åt honom på halvtid och knappt det om jag ska vara ärlig. En del av hans lön betalar jag med vinsten.

Knattis och Tony hade förstås också fått del av den stora lottovinst som förändrat tillvaron för Stina och Gunnar. Att Stina kände lite extra för den här killen visste Knattis men hade inte förstått hur mycket, även om hon inte var direkt förvånad. Stina var ändå den som hade burit hem skadade grodor, fåglar och sniglar när de var små och skapat ett litet djursjukhus i sitt rum. Tyvärr inte helt uppskattat av deras mor. Vurmen för de som hade det svårt hade inte vuxit bort.

– Tja, varför inte. Men jag behöver träffa honom först.

– Ja, det är klart. Här, jag messar dig hans telefon-nummer…

Det plingade till i Knattis mobiltelefon som tecken på att meddelandet hade gått fram.

– ...så kan du ringa honom.

Knattis nickade till svar och när hon nu ändå hade mobilen framme passade hon på att ta fram några bilder på Tjabo för att visa Stina. Få människor kan annat än att smälta för en hundvalps uppsyn.

– Men åh, vad söt han är! Helt bedårande! Och det där lilla hjärtat på halsen... Går det bra med allt då?

– Ja, det gör det, han börjar fatta det där med att pinka ute och han väljer oftast sina egna leksaker att tugga på. Det är ju som att ha småbarn, man får plocka upp allt som ligger på golvet och som han kan nå.

Knattis såg lika stolt ut när hon pratade om Tjabo, som nyblivna mammor när de berättar om sina telningar. På sätt och vis var detta hennes barn. I alla fall så nära hon skulle komma, så vitt hon visste. Men det sa hon inte till Stina. Hon var inte mogen att prata om det med någon annan än Tony än.

– Ska vi hjälpas åt att flytta borden till rätt ställe?

Stina visste att hon kunde lyfta borden själv men det visste inte Knattis och hon skulle inte få veta det heller, bestämde Stina. Under en hel del fniss och skratt lyfte de omkring med borden tills de fick till en möblering som var både funktionell och inbjudande. De utforskade resten av lokalerna och dess skrymslen och vrår. Knattis hade nog kunnat pyssla och planera i lokalen hur länge som helst, men Stina behövde ge sig av. Systrarna skildes åt med kramar, hälsningar hem, och löften att snart höras av igen.

Kapitel 15

Jenny satt äntligen på flygplanet till Island. Ju mer hon reste, desto lättare blev det för henne att bli bekant med främmande människor. Det som hon hade haft så svårt med i alla år. Men det var liksom lättare att komma till ett annat land, där ingen visste något om henne eller hennes familj eller bakgrund. Där var hon bara en person bland alla andra och det passade henne utmärkt. Hon ville inte sticka ut.

Tvärsöver flygplansgången satt en kille i Jennys ålder. Han hade rött hår och mängder av fräknar. Av det Jenny kunde höra av hans sparsamma kommunikation med flygvärdinnorna så var han från Skottland. Han verkade helt uppslukad av boken han läste. Jenny kunde inte låta bli att notera titeln: "*Iceland for dummies*". Bredvid honom satt en tjej, men eftersom de aldrig pratade med varandra antog Jenny att den här killen reste solo. Kul att inte hon var den enda som gjorde så.

Flygplanet landade utan dramatik och till och med bagaget var snabbt tillgängligt. Jenny hängde på sig sin ryggsäck, som tenderade att innehålla allt mindre packning för varje resa. Man behövde mindre än man trodde och man kunde alltid köpa det som fattades. På håll såg hon den skotske killen kämpa med en betydligt större ryggsäck, en sån där proffsig vandringsryggsäck som såg sprillans ny ut.

Utanför flygplatsen var det inget problem att hitta

en taxi och Jenny hade en lapp med adressen till sitt bokade boende redo. Hon pratade inte ett ord isländska men det brukade ordna sig. Det visade sig snart att även denna taxichaufför, som i så många andra länder, pratade engelska, visserligen knackigt men tillräckligt bra för att de skulle kunna föra en artig konversation under resan. Jenny tog farväl med de ord hon hade fått lära sig av chauffören: "takk" och "hafa godan dag".

Det lilla pensionatet såg trevligt ut och intrycket förstärktes av den vänlige herre som tog emot i den anspråkslösa receptionen. Hans engelska var betydligt bättre än taxichaufförens och han slängde dessutom in svenska ord som han hade lärt sig av andra turister. Det här var ett populärt ställe för resenärer som henne. Jenny fick veta att det skulle serveras några enklare varmrätter i matsalen lite senare, och att det även fanns en pizzeria och en pub i den by som låg en knapp kilometer från pensionatet. Spontant kände hon att pensionatets matsal nog var fullt tillräckligt ikväll. Hon var trött och skulle passa på att packa upp och bädda sin säng innan maten var klar. Sen skulle det bli skönt att sova inför morgondagens turridning på islandshäst. Klassiskt, förstås, men det skulle ändå bli roligt. Som barn hade hon provat på ridning, eftersom hennes mamma hade hållit på med det förr, men det var inget som hon fastnade för. En nybörjande sjuåring får mest skritta och trava runt, runt, runt i ett dammigt ridhus och det tyckte Jenny var bedövande tråkigt. Roligast var den gången hennes ponny blev stucken av en geting och bockade och skuttade runt i ridhuset med Jenny tjoandes som en cowboy ovanpå.

Nästa dag sken solen och Jenny åt sin frukost konstant leende. Vilka otroligt vackra vyer det här landet bjöd på, konstaterade hon vid sitt fönsterbord.

Den vänlige föreståndaren beskrev hur hon skulle hitta till gården där turridningen hölls, och han erbjöd sig också att låna ut en cykel till henne. Jenny tackade ja, för det kändes som ett kul och genuint sätt att ta sig fram på ön. Hon fick också tips om hur hon behövde klä sig för att klara den ständiga vinden. Man vänjer sig, sa föreståndaren uppmuntrande.

Fem glada turister som skulle vallas omkring på de små men tuffa hästarna var på plats. Hästarna såg busiga ut, med sina långa manar och pannluggar, och med luddiga öron som uppmärksamt klippte efter ljud. Jenny tilldelades en krabat som hette Ulfurhjarta. När de stod med sina hästar bredvid sig och precis skulle få en genomgång i grunderna och vad som gällde för dagens tur, hördes en röst bakom dem:

– Sorry I'm late, I couldn't find the way.

Jenny kände igen den skotska dialekten. Jodå, det var killen från flygplanet med den gigantiska ryggsäcken. Nu utan ryggsäck, men med fladdriga byxor som var nödtorftigt nerstoppade i rutiga strumpor och med en för stor oljerock utanpå alltihopa.

När den lilla gruppen hade väntat in att även den sena deltagaren blev klar för avfärd så gav man sig iväg. Omgivningarna var vackra och mackorna de fick vid pauserna goda. Det var ett stillsamt och behagligt sätt att upptäcka den isländska naturen -

68

kanske lite för stillsamt för Jenny. Den skotska killen verkade däremot ha fullt upp att hålla sig kvar på hästen och såg kanske inte så mycket av naturen. Fast å andra sidan vandrade han iväg med mackan i högsta hugg vid pauserna, så att guiderna fick gå hämta honom var gång det var dags att rida vidare.

På kvällen, när hon åter intog middag på pensionatet, frågade hon föreståndaren om tips på andra aktiviteter, gärna med lite mer fart i. Föreståndaren hette, om Jenny fattade rätt, Kolskeggr. Eller om det var hans smeknamn på grund av hans svarta skägg. Hjälpsam var han i alla fall och han gav henne adressen till ett ställe där de arrangerade en massa olika aktiviteter som skulle vara mer äventyrliga. Det tyckte Jenny lät perfekt och hon bad att få fortsätta låna cykeln.

Lätt flåsande konstaterade Jenny att hon nog inte hade cyklat så mycket i sitt liv totalt som hon gjorde här på Island. Det var flackt och ganska lättcyklat, förutom när man fick vinden åt fel håll. Blåste gjorde det verkligen precis hela tiden här. Nu kunde det inte vara långt kvar till äventyrsanläggningen, hoppades hon innerligt efter att ha cyklat fel ett par gånger.

Idag skulle det också bli en tur i omgivningarna, men den här gången på fyrhjuling. Det passade Jenny betydligt bättre, konstaterade hon efter att ha räknat sina skavsår från hästridningen. Mer fart, mindre nötande.

Ett par dagar senare promenerade Jenny till byn för att kolla in utbudet där. Hon var rätt less på att cykla, och tänkte också att hon skulle titta runt i de affärer som skulle finnas i byn och då var cykeln mest i vägen.

Affärsutbudet var snart avklarat. Hon bestämde sig för att passa på och besöka en pub som serverade lokala specialiteter, vad nu det kunde vara. För säkerhets skull började hon med en hamburgare med pommes frites.

Medan hon satt och åt fick hon syn på ett bekant ansikte vid baren. Det var den där skotske killen igen. Idag var han mer normalt klädd i slitna jeans, grönrutig flanellskjorta och en jeansjacka över det. Det röda håret lyste som en stoppfyr.

Efter att hon hade ätit upp hamburgaren, som smakade alldeles utmärkt, kallade hon på servitören och förhörde sig om specialarna till mat. Hon drog efter andan när hon till slut förstod vad den mest omtalade rätten var för något. Ruttet hajkött! Men, visst, kunde det vara värre än surströmming? Det fanns bara ett sätt att få reda på det: testa.

När puben serverade "hakarl" till turisterna så hade man traditionen att plinga i en skeppsklocka vid serveringen. Toppen. All uppmärksamhet på Jenny. Hon höll god min, log, svalde hårt och log igen. Försiktigt luktade hon på fisken och ångrade sig direkt. Det luktade som… kattpiss, ammoniak. Med hjälp av en cocktailpinne tog hon upp en bit av den vita sladdriga fisken, blundade, gapade, stoppade biten i munnen och började försiktigt tugga. Gästerna på puben följde hennes förehavanden med spänd tystnad och utbröt i hurrarop och applåder när hon till slut, med en liten grimas, svalde fiskbiten. Det smakade faktiskt inte så illa som hon hade befarat. Hon log mot publiken och lyfte sitt vattenglas till en skål. Några applåder till fick hon innan uppmärksamheten upphörde.

Jenny beställde en stor kopp kaffe för att skölja ner de fem hajbitar hon hade ätit. Försjunken i sina tankar tittade hon ut mot de svarta kullarna som avtecknade sig mot den blågrå himlen. Hon ryckte till när en röst sa:

– So, we meet again.

Jenny suckade lite inombords när hon såg skotten stå vid hennes bord. Sånt här var hon usel på.

– Yes, we do.

Killen trampade lite nervöst och fortsatte efter en stunds tvekan:

– You are not from here either. Can I sit down and talk some tourism with you?

Jenny nickade mot stolen mittemot henne och trummade med fingrarna mot sin kopp. Prata turism, vad töntigt det lät. Hon måste försöka komma härifrån snart.

– Where are you from?

Antingen förstod inte den här killen kroppsspråk alls eller så var han bara extremt tålmodig. Jenny satt spänd och delvis vänd ifrån honom, smuttandes på kaffet som nästan var slut.

– Sweden.

Nu sken killen upp som en sol. Han sträckte fram sin hand och sa, med viss brytning men på fullt begriplig svenska:

– Hej, jag heter Duncan, vad heter du?

Kapitel 16

– Hej allihop, jag heter Stina och det är jag som ska guida er ut på internet!

Det var dags för start av den tredje studiecirkeln, vilken skulle handla om internet och mejl. Stina var även denna gång nervös när hon stod framför den nya gruppen. Hon visste ingenting om dem, om deras förväntningar och förkunskaper, om deras egenskaper och personligheter. Fast de visste förstås ingenting om henne heller.

Stina ägnade ett par timmar åt att berätta om webbläsare, hemsideadresser och sökmotorer, allt med oregelbundna avbrott för de mest skiftande frågor och funderingar. När cirkeln var slut för den här gången droppade deltagarna av, flera stycken i glatt samspråk om saker de hade gått igenom.

Stina kom ner till aulan lagom till fikarasten för den administrativa personalen. Adele, Bjarne, cafépersonalen och ett par andra cirkelledare kände hon igen, men hon hade inte uppfattat namnen på dem. Namn fick hon nu, på alla som satt vid bordet, men hon hade inga som helst illusioner om att hon skulle komma ihåg dem rätt till nästa gång de träffades. Kunde man föreslå namnskyltar, tro, eller var det lite för mycket "nu är vi på konferens och ska lära känna varandra"? Stina hämtade sig en kopp kaffe och tog en av de ljumma och kaneldoftande bullar som cafétjejerna hade bakat.

– Hur går det för dig, har du kommit igång ordentligt?

Det var Bjarne, verksamhetschefen, som ställde frågan till Stina och därmed ryckte henne ur det halvhjärtade lyssnandet på samtalet om det bästa sättet att lyckas med pepparkaksdeg, som föregick mellan en cirkelledare och en av cafétjejerna.

– Ja tack, det går jättebra! Det är väldigt roligt.

– Du får gärna säga till om du har idéer och förslag på fler studiecirklar eller andra saker vi kan arrangera. Vi gillar utveckling, ska du veta.

Flera andra vid bordet nickade instämmande och tittade förväntansfullt på Stina. Var hon tvungen att komma med en idé på en gång? Det kanske var någon sorts invigningsrit. Stina log artigt och svarade:

– Absolut, det ska jag göra.

Hon tog snabbt ett bett på den fluffiga bullen så att hon skulle få munnen full och inte kunna förväntas säga något mer. Det uppstod tack och lov ingen pinsam tystnad i väntan på hennes kreativa bidrag och Stina pustade ut inombords.

På väg ut från Folkbilderiet mötte Stina en grupp män och kvinnor som anfördes av en kvinna med latinamerikanskt utseende. Hon stannade upp i aulan med gruppen och berättade, först på svenska, sen på engelska och sist på arabiska, var de nu befann sig och att de strax skulle börja med det för svensk kultur så klassiska "fikat". Sen skulle de gå till sitt klassrum.

Stina kastade en frågande blick på den cirkelledare som hon höll upp dörren för - var det inte Birgitta hon hette? Hon svarade på Stinas outtalade fråga:

– Vi håller studiecirklar i svenska för invandrare också. Det är en enorm efterfrågan på det, med alla flyktingar som har kommit på sistone.

Birgitta skakade lite på huvudet.

– Fast jag vet inte, jag. Om vi verkligen kan ta emot så många.

Stina rynkade lite på pannan men sa ingenting. Birgitta menade kanske inget med det. Stina hade ingen lust att börja sitt relationsskapande på Folkbilderiet med att gå in i en diskussion om flyktingfrågan.

Kapitel 17

När hon ändå var i Uppsala passade Stina på att svänga förbi hos Jonatan och Maria. Hon insåg att hon borde ha ringt eller messat innan, för det var ingen hemma. Men gräsmattan såg nyklippt ut och bredvid trappan hade ett par pallkragar ställts på varandra och fyllts upp med matjord. Några pinnar med papperslappar stack upp ur jorden, de berättade antagligen vad som hade planterats där. Stina drog loss en sida ur sitt anteckningsblock, skrev en hälsning till den lilla familjen, och la den i brevlådan.

Hon hade ingen brådska hem och bestämde sig för att hälsa på Frederiq på sjukhuset istället, han kunde väl inte ha fått åka hem ännu. För säkerhets skull, för att inte upprepa missen från alldeles nyss, messade hon till Frederiq:

Hej! Jag är i Uppsala nu och tänkte hälsa på dig. Är det okej? //Stina

Svaret kom nästan omgående:

Ja, kom hit! Jag har jättetråkigt! //F

Det lät som ett sundhetstecken, tyckte Stina och styrde bilen mot sjukhuset.

Stina konstaterade lättat, när hon klev in i Frederiqs rum, att det var skillnad som natt och dag. Han hade fått tillbaka färgen i ansiktet och rakat av sig den ojämna skäggstubben. Ögonen såg inte lika apatiska ut och han satt upp i sängen istället för att ligga ner. När Stina sträckte fram en bunt tidningar och en påse smågodis log han stort.

– Jag var inte säker på vad du tycker om så jag

köpte lite av varje, sa hon ursäktande. Hon skämdes nästan för att hon inte hade bättre koll på det.

– Det blir jättebra, jag gillar allt nu.

Stina satte sig på sängkanten och frågade trevande hur Frederiq mådde och vad som skulle hända härnäst. Här kunde han rimligen inte ligga hur länge som helst.

– De säger att jag mår bra, fysiskt alltså, att värdena går åt rätt håll och att jag kommer att få åka hem om några dagar. Fast sjukskriven då.

– Har du fått träffa någon att prata med?

– Ja, det kom en terapeut och pratade om hur viktigt det är att ta tillvara på sitt liv. Jag lyssnade inte så noga. Han var så nervös, jag tror att han var helt nyexaminerad.

– Men vad ska du göra, hemma alltså? Du måste ju få nån sorts hjälp. Att komma tillrätta med… allt. Hon antog att han förstod vad hon menade. Frederiqs sätt att hantera eller reagera på, hur man nu skulle formulera det, jobbpressen och separationen från Dennis var uppenbarligen inte ett framgångskoncept. Hon fasade för att Frederiq bara skulle dumpas i sin lägenhet och lämnas åt sitt öde. Borde inte arbetsgivaren ta något ansvar?

– Har ItWorks hört av sig?

Frederiq gjorde en grimas. Han hade inga goda minnen av företagets ledning och personalchef. Men Stina hade en poäng, de borde vara lite intresserade av var gruppledaren befann sig.

– Nej, ingenting. Men de kanske har ringt när mobilen var avstängd.

Taffligt, tänkte Stina. Undrar om hon la sig i om hon

ringde till dem? Vem skulle annars göra det? Hon var lite rädd att ställa nästa fråga, men ville veta:

– Dennis då?

Frederiq tittade ner och skakade på huvudet. Han suckade på det där sättet som låter som en liten snyftning. Stina tyckte synd om honom, han såg så ynklig ut. Hon bestämde sig för att släppa ämnet och började istället berätta om sin nya karriär som cirkelledare. Frederiq snöt sig och lyssnade sen med intresse och spridda fniss, när Stina berättade små anekdoter om vad deltagarna sagt och gjort.

Frederiq var riktigt uppspelt när Stina lämnade honom och det livade upp även henne. Desto mindre upplivande skulle nog samtalet med ItWorks bli, för det var sannerligen bedrövligt hur de hade valt att behandla sina medarbetare.

Så fort hon kom ut till bilen letade hon fram adressen till ItWorks huvudkontor. Ett telefonsamtal kunde avbrytas eller till och med ignoreras, men ett personligt besök var svårare att vifta bort. På Valhallavägen i Stockholm, minsann. Det var inte så långt från WGY:s lokaler. Då skulle hon ta en promenad efter sitt nästa besök där, vilket lämpligt nog var planerat till nästa dag.

Kapitel 18

Jenny tittade fascinerat på skotten. Det här måste vara det sämsta raggningsförsöket nånsin. Trodde han att hon skulle bli imponerad av att han kunde en mening på svenska? Hon reste sig, sträckte fram sin hand och skakade hans hand så kort det bara gick, och sa:

– Jag heter Jenny. Och jag måste gå nu.

Så vände hon på klacken och gick. Duncan ropade glatt efter henne:

– Vi ses!

Jaha, han kunde två meningar. Risken att de skulle ses igen var väl ganska stor på den lilla ön, så hon fick bara se till att hålla honom på artigt avstånd. Hon var inte intresserad av något förhållande och inte någon kompis heller. Ensamhet funkade bra för henne.

Nästa dag traskade Jenny iväg till en busshållplats, för att ta sig till kusten. Hon skulle på valsafari - man åkte ut i en båt och tittade på valar, helt enkelt. Det lät egentligen inte jättespännande men det kändes som något man borde göra när man var på Island.

Under bussresan öppnade sig himlens portar och det började spöregna. På tvären. Skönt att hon inte cyklade nu i alla fall. Vid hamnen där båten skulle avgå fanns en liten stuga där man samlades inför båtresan. Tack och lov försågs man med ordentliga regnkläder, gummistövlar och en på tok för stor syd-väst. Jenny undrade om hon såg lika fånig ut som hon kände sig. Strunt samma, det var ändå ingen här som kände henne.

– Hej Jenny!

Trodde hon, ja. Förföljde den där tokiga skotten henne? För japp, där stod han i lika lämplig och klumpig klädsel som hon själv, kunde hon konstatera när hon vände sig om och nickade matt till svar. Sen stegade hon iväg till båten och försökte komma så långt fram i kön som möjligt.

Valar är ohyggligt stora. Alltså, riktigt riktigt jättestora. Jenny hade som så många andra sett dem på tv och i bilderböcker där de i jämförande syfte placerades bredvid en bil eller något annat som man skulle kunna referera till. Men inte förrän idag, när hon såg de frustande bjässarna glida upp ur vattnet bara metrar från båten fattade hon vad stort egentligen innebar. Hon var helt tagen av upplevelsen. De timmar som de hade varit ute med båten i det ogästvänliga vädret hade bara flugit iväg. Hennes näsa rann, kinderna var röda och fingertopparna vita. Sydvästen slokade som en vissen tulpan kring hennes runda kinder. Men hon log, stort och ostoppbart.

Duncan småsprang så att han kom upp bredvid Jenny när hon närmast marscherade mot busshållplatsen.

– Jag har bil. Vill du ha skjuts?

Hans svenska med skotskt inslag lät kul och Jenny kunde inte låta bli att le. Men att få skjuts med en kille hon bara träffat i förbifarten ett par gånger var tvärsemot alla hennes regler, och förmodligen mot hennes mammas regler också om nu Stina skulle ha fått chansen att tycka till i det här fallet.

– Tack, men nej tack. Jag tar bussen.

Duncan ryckte på axlarna och saktade ner på stegen igen.

– Okej. Vi ses!

Föreståndaren på pensionatet kunde berätta att det fanns en liten restaurang i en annan by, men den låg ett par kilometer längre bort. Det tyckte Jenny ändå var ett okej pris för att slippa riskera att stöta på Duncan igen.

Det här stället tycktes snäppet tjusigare än puben i den andra byn. Jenny visste inte om det kunde klassas som en hyllning eller om det var respektlöst att välja valbiff efter dagens utflykt. Hon fick ta det med sitt eget samvete, för här var det ju ingen som…

– Hej Jenny!

Det här kunde inte vara sant. Jenny var ytterst nära att brusa upp när hon svarade restaurangens nyinkomne gäst med dov stämma:

– Duncan. Förföljer du mig?

Duncan skrattade obekymrat och tittade menande på stolen vid hennes bord. Jenny låtsades som ingenting så Duncan förblev stående. Han sa:

– Tvärtom, actually. Jag letade rätt på det här stället så att du skulle slippa träffa mig på puben. Du verkar inte lajka mig.

De engelska orden i den brutna svenskan fick honom inte att verka hippare på något vis. Jenny bestämde sig för att släppa ner garden en aning och sa med en suck:

– Vet du, slå dig ner. Jag har precis beställt. Valbiff.

Duncan drog ut stolen och försökte få ögonkontakt

med serveringspersonalen. Det gick sådär. Inte förrän Jenny fick in sin förrätt lyckades Duncan beställa "whatever she's having" och en öl.

När valbiffen kom in åt de under fortsatt tystnad. Jenny var usel på kallprat även med folk hon kände och nu var det helt blankt i huvudet på henne. Duncan åt med god aptit. Först när servitören bar ut deras tallrikar efter att ha tagit upp beställning på "dagens special" till efterrätt frågade Jenny:

– Hur kommer det sig att du pratar svenska?

Duncan torkade sig noga om munnen med en spräcklig servett och svarade:

– Min pappa är från Sverige. Mina föräldrar gjorde mig tvåspråkig. Som om det inte skulle räcka med det här.

Han drog fingrarna genom det morotsröda håret och rynkade på näsan så att fräknarna såg ut att studsa. Jenny kunde inte låta bli att fnissa. Hon kunde mycket väl föreställa sig hur han hade sett ut som barn.

– Jaha. Jag har aldrig träffat min pappa.

Det var en onödig upplysning, insåg hon. Hon tillade snabbt:

– Han flyttade till England innan jag och min bror föddes.

Också onödigt. Hon högg tacksamt in på efterrätten som ställdes framför dem. "Dagens special" visade sig betyda glass, maränger, nötter och massor av chokladsås. Duncan fortsatte att berätta om sig själv:

– Min pappa flyttade till London från Sverige och mötte min mamma på en presskonferens. Han är journalist och hon är fotograf. Fast han lämnade oss när jag var åtta år. Han bor i Nevada nu. I USA alltså. Jenny himlade lite med ögonen. Hon visste faktiskt var Nevada låg. Det stod till och med på hennes ganska långa lista över platser att resa till, tillsammans med Peru, Alperna, Vietnam… Som svar på Duncans berättelse sa hon:

– Min pappa var visst också journalist. Frilans. Han reste mycket, sa mamma, så det är kanske därför jag gillar det också.

Hon tänkte så gott som aldrig på sin pappa. Han hade ju valt bort dem. Att alla andra barn hade en pappa konstaterade hon med en axelryckning. Det var nog jobbigare för Jonatan, han hade en period sökt sig äldre killkompisar för att hitta förebilder. När Gunnar kom in i bilden ordnade det sig, det tyckte Jenny var rätt skönt. Hon kände stort ansvar för sin lillebror. Hon var bara ett par minuter äldre än honom men det kändes ofta som betydligt mer.

Duncan nickade eftertänksamt medan han skrapade tallriken ren från chokladsåsen. Sen lutade han sig tillbaka på stolen och pustade. Jenny höll med inombords, hon var också mätt. Det skulle bli skönt att komma i säng sen. Hon började fundera på hur snart hon kunde bryta upp utan att vara alltför oartig. Duncan frågade:

– Jag tänkte gå tillbaka till mitt hotell. Ska vi göra sällskap en bit?

Jennys spontana reaktion var att tacka nej, men hon kastade en blick ut och konstaterade att det var beckmörkt. Det kunde nog vara trevligt med sällskap. En bit.

De gick bredvid varandra under tystnad, med Jennys

lånade cykel mellan sig. Jenny hade total tunghäfta och försökte febrilt komma på något att prata om. Till slut sa hon:

– Är din mamma en känd fotograf?

– Nej, inte så mycket. Min pappa är nog mer känd. Han har skrivit en massa debattartiklar, i Herald Tribune bland annat.

Jenny förstod att hon borde bli imponerad, men hon läste sällan tidningar. Hon frågade ändå artigt:

– Jaså, vad heter han då, jag kanske har hört talas om honom?

– Johnny Geraldersson.

Jenny tvärstannade. Hon stirrade på Duncan som om han vore ett spöke. Läpparna klibbade ihop när hon försökte få fram ett svar men tungan bredde ut sig som ett stekt ägg i munnen. Duncan stod stilla och tittade förvånat på henne. Jenny lyckades till slut kraxa fram:

– Det heter min pappa också.

Kapitel 19

Stina slog ihop sitt anteckningsblock, reste sig från konferensbordet och sträckte fram handen för att säga adjö till den tredje och sista kandidaten. Hon hade ägnat nästan hela dagen åt att sitta med på delar av anställningsintervjuerna som WGY hade hållit med Annikas presumtiva efterträdare. Stina kände sig stel i både nacke och ansikte efter att ha nickat förstående och lett uppmuntrande i flera timmar. Hon hade ställt några frågor och plikttroget antecknat svaren, och så lett och nickat ännu mer. Hennes uppgift var egentligen bara att meddela Carl-Ernst och Annika om hon gillade kandidaterna eller ej.

Efter att ha kollat statusen bland medarbetare och it-system på WGY, sa Stina hejdå till Annika och lämnade kontoret. Sakta gick hon utefter gatan, för att samla sig för det förestående besöket på huvudkontoret för koncernen som drev ItWorks. Hon kände sig som en riddare som skulle kämpa för de svaga - i det här fallet för Frederiq. Det fattades förstås en rustning och en vit springare men förmodligen skulle hon tas på mer allvar utan de tillbehören.

Kontoret låg i en tegelbyggnad inte långt från Tekniska muséet, en bit in på en tvärgata. Skylten i trapphuset informerade om att hon skulle tre trappor upp, vilka hon tog i dubbla steg utan att bli andfådd. Hon tryckte på ringklockan som inte gav ifrån sig någon signal utan bara blinkade blått. Efter en liten stund klickade det till i låset och Stina klev in på den gråa entrémattan med den gula logotypen som hon kände igen från sina tidigare lönebesked.

En hårdsminkad kvinna i 30-årsåldern log stort men stelt från en svängd disk mitt i hallen. Stina nickade vänligt och anmälde sitt ärende - hon ville prata med chefen. Nej, hon hade inte bokat någon tid. Ja, hon kunde sitta ner och vänta. Ja tack, gärna kaffe. Svart, inget socker.

Stina fick sitta närmare 45 minuter med sitt kaffe och två torra havreflarn, innan hon visades in till chefens rum. Glasväggarna var fulla av anteckningar i olika färg och på den enda solida väggen satt en mängd diplom som upplyste om att här fanns en person som gått en uppsjö av ledarskapsutbildningar. Ironiskt, tänkte Stina, medan hon hälsade på Olov som rest sig från sin exklusiva kontorsstol. Han log nästan lika stelt som receptionisten som nu drog igen dörren efter sig.

– Så, Sara, vad kan jag göra för dig?

– Stina. Jag jobbade på ItWorks förut.

– Se där ja. Du förstår, jag chefar över ganska många småföretag så det går inte att hålla reda på alla medarbetares namn.

Olov satte sig och sneglade på sin mobiltelefon som surrade på skrivbordet.

– Vet du vem gruppledaren på ItWorks är då? Frederiq?

Mobiltelefonen surrade på nytt. Olov tog upp den, läste meddelandet och skrattade till. Han behöll telefonen i handen när han vägde bakåt i stolen och låtsades gäspa.

– Lilla gumman, vad är det här frågan om egentligen? Ska du förhöra mig om all personals namn så måste jag göra dig besviken direkt.

Han riktade åter uppmärksamheten mot mobiltelefonen och började skriva ett sms. Stina fäste blicken på telefonen och tog i allt vad hennes krafter kunde. Telefonen for iväg ur Olovs hand och slamrade ner i den designade plåtpapperskorgen. Stina noterade roat att Olov även slängde sina begagnade lössnusprillor i samma papperskorg. Nu fick hon i alla fall hans uppmärksamhet.

– Frederiq ligger på sjukhus och var nära att dö. Han försökte jättelänge att driva ItWorks med för lite personal, för mycket kunder, och noll stöd från ledningen. Han slutade sova, äta och dricka och förlorade sin partner. Tack vare dig. Tack vare usel ledning.

Stina var fullständigt rasande och fick kämpa för att inte vråla ur sig orden. Hon knöt händerna så att naglarna borrade sig in i handflatorna, bet ihop käkarna, andades djupt. Hon fick inte börja gråta nu, som hon brukade göra när hon blev riktigt arg. Olov stirrade på henne, först förskräckt men sen allt argare. Till slut reste han sig och sa entonigt:

– Att det lilla skitföretaget inte går bra är inte mitt fel. Att personalen inte pallar trycket är inte heller mitt fel. Nu ska du gå härifrån.

Stina hade inget mer att säga och det fanns inget hon kunde göra. Hon stod framför en riktigt bedrövlig företagsledare och var glad att hon inte behövde ha mer kontakt med honom. Tyst tittade hon på Olov medan han slappnade av och började böja knäna för att sätta sig ner igen. Stina kunde inte motstå frestelsen att med hjälp av blicken skjuta undan stolen en halvmeter. När Olov med förvånat ansiktsuttryck slog ner rumpan på golvet log hon nöjt. Man gör vad man kan med det man har.

Olov kravlade sig upp med skrivbordet som stöd och rev samtidigt ner en bunt visitkort med relieftryck i guldfärg. Han flämtade när han hytte hetsigt med pekfingret och fräste till Stina:

– ItWorks begärs i konkurs i morgon, bara så du vet det. Då kan din Frederiq lata sig så länge han vill sen. Försvinn härifrån!

Stina sträckte på sig, såg med blicken till att resten av visitkorten hamnade på golvet till synes av sig själv, och gick ut från glasrummet. Receptionisten stirrade storögt på Stina. Hon måste ha hört både deras ordväxling och när Olov damp i backen. Stina nickade kort till henne och sa:

– Tack för kaffet.

Sen gick hon ut från kontoret, ut ur byggnaden och ut på gatan. Hon kände sig inte som en riddare men nästan som en superhjälte.

Kapitel 20

– …som den sol duuu ääär…

Jonatan drog ut på de sista orden och sänkte ton-läget en aning. Musiken klingade ut och Erik gav tecknet som visade att inspelningen var stoppad. Sen gjorde han tummen upp och sa igenom mikrofonen in till studion:

– Snyggt, där satt den! Kom ut du.

Jonatan tog av sig de groteskt stora hörlurarna och hängde dem på kroken bredvid mikrofonen, den som såg ut som en tennisracket utan handtag. Medan han sträckte på sig masserade han nacken med ena handen. Han hade suttit i inspelningsstudion nästan non-stop hela dagen och sjungit sina sånger flera gånger om. Det var nödvändigt att utnyttja tiden de hade tillgodo om det skulle bli någon ekonomi i det hela.

Erik klappade honom beundrande på axeln och sträckte över en burk energidryck.

– Bra jobbat, starkt att du orkade lägga om det där sista. Men nu blev det riktigt bra!

Jonatan log. Han var trött men glad och framför allt förväntansfull. Det här var sista handen vid albu-met, i alla fall för hans del. Nu skulle Erik redigera och editera och göra vad han nu gjorde, allt det där som förvandlade Jonatans sång och gitarrspel och det förinspelade kompet till musik. Förhoppningsvis sån musik som många tyckte om och ville lyssna på. Helst mot betalning också.

– Härligt, det känns riktigt bra faktiskt, det gör det.

Det ska bli kul att höra alltihop sen, när du har gjort dina trolleritrick.

Erik log och stängde av all utrustning. Det var sent på kvällen och de var sist kvar i studion. Som vanligt, kunde man säga, för de sämsta inspelningstiderna var oftast de billigaste och det tog Jonatan fasta på. Allt har ett pris - han ville hålla ner kostnaderna även om han verkligen ville få ut sitt album. Men musiken var ännu bara en hobby och han hade ansvar för två små killars väl och ve. Bara tanken på dem gjorde att han sträckte på sig. Han var inte bara musiker utan pappa också.

De gjorde sällskap ut till Eriks bil, Jonatan skulle få skjuts hem. Han borde ta tag i att köpa en bil åt honom och Maria men han tyckte det var både trå- kigt och dyrt. Fast Maria var ganska less på att åka buss med tvillingvagnen. Det fanns, som hon sam- manbitet men diplomatiskt uttryckte det, betydligt roligare sätt att resa.

– Just ja, det skulle jag fråga dig, utbrast Erik när han hade backat ut från parkeringsfickan, tvingat i ettan och fått den skraltiga Fiaten att börja röra sig framåt, mot utfarten.

– Jag känner en kille som precis har öppnat en kvarterskrog, och han tänkte ha lite livemusik på hel- gerna. Men han har inte så mycket pengar att röra sig med än så han kan inte boka några tunga namn… Han frågade om jag visste nån lokal förmåga, nån "up-coming" så där. Så jag tänkte på dig.

Jonatan undrade om han hörde rätt. Menade Erik att han skulle kunna få spela för publik, som ett rik- tigt gig liksom? Han frågade försiktigt, rädd att han skulle ha missuppfattat:

– Tänkte du att jag… skulle spela där? Min musik?

– Ja, precis. Det blir väl inte det bäst betalda giget men du får nog mat och dryck också.

– Också? Menar du att jag skulle få betalt?

Erik tittade förvånat på honom.

– Ja, det är klart. Du kan ju inte spela gratis. Det är ingen välgörenhetsgala.

Jonatan satt tyst, förstummad. När han hade spelat på en skolavslutning i gymnasiet hade han varit så nervös att han knappt kom ihåg texten. Han kom knappt ihåg själva framträdandet heller och det var nog lika bra det.

– Nå, ska jag säga till honom att du är intresserad, eller?

Eriks fråga tog honom tillbaka till nutid och möjligheten att få uppfylla en dröm.

– Ja, absolut, gör det! Klart jag vill spela!

Han kunde knappt vänta tills han kom hem och kunde få berätta för Maria. Sen fick det nog bli sms till mamma också. Om hon tog med Gunnar och kanske moster och nån mer hon kände så skulle han i alla fall inte behöva spela för en helt tom restaurang. För vem skulle annars komma för hans musiks skull?

Kapitel 21

– Syskon, alltså?

Duncan satt på en stol i pensionatets sällskapsrum och ställde samma fråga för sjunde gången. Jenny nickade för sjunde gången. De hade ägnat minst en timme åt att reda ut alla omständigheter och kom till samma slutsats varje gång.

– Halvsyskon, kallar vi det på svenska. Half siblings. Knäppt ord. Vi är ju hela människor.

– Ja… Men jag fattar inte att ingen sagt något till oss.

– Det är väl bara pappa som vetat och han… tja, han hade väl sina skäl att inte säga nåt. Jag vet inte.

Jenny ryckte på axlarna. Deras far var den sista hon brydde sig om i den här situationen. Hon ville allra mest berätta för sin lillebror - sin andra lillebror alltså, för nu hade hon plötsligt två stycken - om Duncan, men det kändes fel att göra det i ett sms. Det var bäst att vänta tills hon kom hem. Och Duncan. Hon gillade knappt honom egentligen. Han hade gått från att vara en ytlig bekant till att vara hennes bror, på ett ögonblick. Det kändes helskumt.

Duncan satt djupt försjunken i sina egna tankar. Inte heller han verkade hitta något lättsamt sätt att ta sig an den här nyheten. Han reste sig och stod tvekande en stund. Borde han ge sin nya syster en kram? Nej. Skaka hand? Nej, ännu värre. Till slut höjde han handen till en kort vinkning och sa:

– Jag ska hem till hotellet. Vi kan väl höras av?

De utbytte mejladresser och telefonnummer och

skildes åt. Jenny hade fruktansvärt svårt att somna den kvällen.

Det var bara två dagar kvar på hennes Islandsresa, insåg Jenny när hon trött och tankfull åt sin frukost nästa morgon. De dagarna skulle hon utnyttja till fullo - hon var här för att uppleva, inte grubbla. Hon bestämde sig för att låtsas som att Duncan inte fanns idag och istället gå hejdlöst in för en rejäl utflykt på ön. Hon skulle åka buss, gå, fråga sig fram, prova på saker och bara utforska, så som hon så ofta gjort på sina andra resor.

Duncan kände sig ensammare än någonsin, trots att han plötsligt hade fått veta att han hade två storasyskon i Sverige. När hans mamma hastigt insjuknade för några månader sen, i den där vidriga sjukdomen som han inte ens ville bevärdiga med ett namn, hade hon sagt åt honom att utforska världen. "Res, Duncan!" Han hade mycket motvilligt gett sig iväg på denna första resa, han ville inte lämna henne ensam. Men hans mor hade nästan blivit arg på honom till slut - "jag blir varken friskare eller sjukare av att du är här!" Och så hände det här då. Han ville hem till sin mor och berätta det och han ville till Sverige för att träffa sin nya familj. Hans bror, Jonatan, hade ju till och med barn. Duncan var inte bara lillebror, han var farbror också. Coolt. Men ovant.

Kapitel 22

Stina kunde inte påstå att hon var helt bekväm med titeln farmor, för det lät rätt... gammalt. Hennes egen farmor hade varit en barsk dam med stora hårdsprayade hårlockar, en dam som alltid gick klädd i en grön-blå städrock, som alltid kokade potatisen tills den blev smulor, och som alltid gruffade på Stinas närmast stendöve farfar. Farfar hade en brun kofta med knappar som hängde i trådar, han rökte pipa och tittade på tv och svarade farmor med ett frånvarande "jaja, kära du" då och då.

Idag skulle Stina i vilket fall som helst få glädjen att utöva sitt farmorskap på heltid. Jonatan och Maria skulle åka till Ikea och hade undrat om Stina kunde vara barnvakt. Stina pep förtjust över möjligheten och föreslog att föräldrarna skulle passa på och unna sig en barnfri heldag - shoppa loss i alla möjliga butiker, äta lunch, gå på bio, promenera... Vad som helst. Så kunde tvillingtrollen vara hemma hos Stina och Gunnar under tiden. Idén mottogs med tacksamhet och på förmiddagen lämnades två utsövda, glada och energiska pojkar över efter långt kramkalas.

– Ha nu riktigt trevligt! Nu vinkar vi, Leo!

Ludvig hade fått syn på katten August och var på väg för att umgås med honom. August lät sig klappas något oömt en liten stund innan han tog sin tillflykt upp i sängen och under täcket. Gunnar lyfte ut Ludvig ur sovrummet och stängde dörren. Den tillfälliga missnöjdheten kring detta förbyttes snart i intensivt byggande med klossar i trä.

– Vi måste se till att de skaffar sig en bil.

Gunnar var nästan lika involverad i klossbyggandet som pojkarna. Han hade med en grimas lyssnat på det skrapande ljudet från Fiatens växellåda, när Jonatan och Maria hoppade iväg i bilen de fått låna av Erik. Han fortsatte:

– De kan inte åka omkring i den där bilen med grabbarna, det är noll krocksäkerhet i den. Förutom att det är en allmänt eländig bil, alltså.

Stina kunde bara hålla med. Jonatans förra bil hade gett upp med en bils motsvarighet till en jättestor dödssuck, när kamremmen gick av och tog med sig halva toppen på motorn. Det hände en natt när Jonatan var på väg till sin tidningsrunda, så han hade fått lämna bilen utefter vägen och gå den sista kilometern. När Jonatan dagen efter hade fått tag i bärgare och skulle hämta bilen, visade det sig tyvärr att den hade hamnat i vägen för ett överförfriskat killgäng. De hade hoppat in taket, krossat alla rutor och gjort djupa repor i det av lacken som inte bestod av rostfläckar. Jonatan fick det hela berättat för sig av en gammal farbror som rastade en tax. Farbrorn hade ringt polisen men de hade inte tyckt att det var så mycket de kunde göra och de hade dessutom fullt upp med stök på sta'n. Bärgaren körde bilen direkt till skroten.

– Ska vi kanske köpa en bil åt dem? Som inflyttningspresent. Eller nåt.

Råd hade de, lottovinsten var inte slut på långa vägar, men de visste att Jonatan och Maria inte ville ha några allmosor.

– Det kan vi gott göra. Vi kan väl säga att vi är rädda om grabbarna och vill att de ska åka säkert och så. En kollega skulle visst sälja sin Audi kombi, det kanske kunde vara något.

Gunnar lät Leo rasera den fantasifulla byggnaden och satte sig i soffan för att skriva ett sms till sin kollega. Han tyckte det var roligt att bli involverad i att köpa bil - främst för möjligheten att få kolla upp bilmodeller och diskutera med andra bilintresserade om starka och svaga sidor och modellens barnsjukdomar och allt sånt som han med lätthet kunde förlora sig fullständigt i. Förr i tiden hade han kört rally men den hobbyn kändes numera både dyr och jobbig. Att cykla och skruva med cyklarna var avsevärt trevligare, enklare och billigare. Dessutom gav cyklandet välbehövlig motion.

Leo och Ludvig ägnade sin vakna tid åt att med all önskvärd tydlighet bevisa att Stina och Gunnars hem inte var anpassat för barn. Stina var ständigt på fötterna för att lyfta upp och flytta undan saker, när energiknippena utforskade huset. Efter att lunchen ätits upp, eller i alla fall det mesta av den, kom August tassande för att ta reda på det av köttfärssåsen som hamnat på golvet. Stina bytte blöja på den ena tvillingen medan Gunnar höll den andra, en i taget. Blöjbyte hade Gunnar nämligen tidigt aviserat att han kunde stryka från sina bonus-farfar-åtaganden.

Dubbelsängen barnsäkrades med kuddar, täcken och ett för ändamålet hopsnickrat staket, så att killarna kunde övertygas om att sova en stund. Stina sjönk tacksamt ner i soffan och blundade. Tänk att det här hade varit hennes vardag för drygt 20 år sen, när Jenny och Jonatan var små. Men när man är mitt i det så reflekterar man inte över det, då är det bara att hantera. Och Stinas mamma hade varit till ovärderlig hjälp.

Det sved lite under Stinas ögonlock när hon tänkte på sin mamma. Man ska inte bli förvånad när en rökande människa får lungcancer men det betyder inte att det är lättare att acceptera. Det hade gått många år sen både hennes mamma och pappa gått bort och det var inte längre lika jobbigt att tänka på. Fast såna här stunder önskade Stina att hon kunnat få dela med sina föräldrar. Tanken på ett fridfullt par som satt i en himmel och hade det alldeles förträffligt fungerade ändå hyfsat som tröst.

Jonatan och Maria rullade in på gården i den skruttiga Fiaten bara någon halvtimme efter att tvillingarna vaknat och fått upp farten igen. Fynden från Ikea var både surrade på taket och intryckta i bagageutrymmet. Leo var den som först uppfattade att föräldrarna hade kommit tillbaka och höll på att slå en kullerbytta över tröskeln i sin iver att ta sig fram. Ludvig var inte långt efter.

– Vill ni ha kaffe? Jag har bakat muffins.

Stina var långt ifrån någon bullmamma, men hon hade en specialitet: fyllda muffins. De var lika mycket godis som bakverk, eftersom de bestod till hälften av choklad, nötter, marsipan och kolasås. Jonatan log stort och nickade. Maria tänkte att hon borde avstå från muffins men tackade ja ändå. Hon hade gett sig den på att hon skulle gå ner de där sista graviditetskilona innan jul men det gick inte så bra. Frestelser ska inte alltid övervinnas, påstod hennes gammelmormor. Klok gumma.

Både muffins och kaffe hade en strykande åtgång, medan tvillingarna fick glass. Det senare uppskattades mest av August som satt beredd under bordet. De där små krabaterna må vara usla på att klappa fint men de levererade bra ätmöjligheter och det gillade August vilket syntes på honom också. Han var 17 år gammal och rörde sig inte mer än han absolut måste.

Jonatan och Maria hade hunnit med en hel del och var nöjda med dagen. Allting gick så mycket snabbare utan barn, det hade de hunnit glömma bort på det här året som föräldrar. Så de hade fullständigt flugit fram i butikerna för att sen kunna ta gott om tid på sig att äta och prata med bara varandra för ögonen. De såg faktiskt smått nykära ut.

Gunnar blev den som tog upp bilfrågan. Jonatan och Maria skruvade lite besvärat på sig när den ekonomiska delen nämndes, mest i förbifarten eftersom Gunnar la fokus på säkerhet. Stina log roat. Han var en duktig säljare. Det slutade med att de bestämde att de skulle åka och titta på kollegans Audi någon av de närmaste dagarna och så fick man se sen vad som hände.

Jonatan tog en fjärde muffins och trodde att det var därför som Maria knuffade honom i sidan. Men när hon mimade "spelning" kom minnet i kapp honom och han väntade med den första tuggan för att kunna säga:

– Jag vill bjuda in er till min allra första spelning!

97

– Spelning? Vad menar du?

Stinas fråga lät fånig, insåg hon, hon visste vad en spelning var. Jonatan hade bara varit tyst för att kunna ta en tugga muffins och fortsatte snart:

– Jag spelar på Lilla Magasinet i Uppsala nästa helg! Det vore jättekul om ni kunde komma, och Jenny har väl också kommit hem då, och Marias familj kommer… så att jag inte behöver sitta där och spela för mig själv.

Jonatan log snett. Han räknade med att publiken skulle vara både liten och familjär men det var ändå en spelning, ett gig, ett betalt uppträdande. För honom var det stort. Och pirrigt.

Stina och Gunnar gratulerade entusiastiskt och lovade förstås att vara på plats, längst fram, dessutom beväpnade med tändare så att de kunde veva stillsamt med dem under balladerna. Jonatan himlade med ögonen och hoppades att de skulle bete sig någorlunda som normala föräldrar - det vill säga sitta tyst och stilla och nicka i takt.

– Jag ska be Knattis och Tony att komma också!

När Jonatan insåg att både hans moster och hans mamma skulle befinna sig på samma plats och ha tillgång till musik så försvann hans förhoppningar om "tyst och stilla". De två systrarna hade tillsammans hållit bejublade framträdanden på ett antal skolavslutningar. Jenny och Jonatan hade rodnat mer än jublat men lite stolta var de ändå. Ingen annan i klassen hade haft en mamma och moster som rappade, dansade och körde stå-upp-dialoger så att publiken vek sig av skratt.

Leo och Ludvig visade snart tydliga tecken på att de var klara med dagen så den lilla familjen sa tack och adjö och packade in sig i bilen. På trappan vinkade Stina och Gunnar av dem, medan August tog ett varv till under köksbordet i jakt på något mer att äta. När Stina tog fram dammsugaren för att städa upp det som August ratat vaggade katten iväg i vad han betraktade som skyndsamt tempo och sjönk ihop på sin filt. Det verkade bekvämt att vara katt.

Kapitel 23

Nyheten om att ItWorks var försatt i konkurs kom inte som en överraskning för Roger och Nadir, men det blev de inte gladare av. Personalchefen hade med sig ett storpack finska pinnar inköpt på samma ställe som hon köpte städmaterial och glödlampor. Hon hälsade att vd:n Olov beklagade så hemskt mycket att han inte kunnat komma men han önskade dem lycka till i framtiden. De fick gå hem om en vecka men givetvis skulle de få betalt för hela månaden.

– Vet Frederiq om det här?

Nadir provbet i en kaka, som smulades sönder i hans hand. Han smög ner resterna i närmaste papperskorg och tittade på personalchefen. Hon tittade i sin tur oavbrutet på sin klocka och trampade otåligt., log nervöst och svarade:

– Han är givetvis informerad. Han har fått brev.

– Men han ligger ju på sjukhus! Har ni inte pratat med honom?

Personalchefen skruvade på sig och tittade ännu en gång på sin klocka, som om den skulle kunna rädda henne ur den här situationen. Förbaskade Olov, som vägrat följa med! "Det där ordnar du, gumman. Jag har inte tid. Och inte lust heller."

– Jag är säker på att någon har kontroll på hans situation. Men nu måste jag tyvärr ge mig av. Vi skickar alla papper senare. Ha en fortsatt bra dag!

Nadir och Roger tittade tyst efter henne när hon hastade iväg ut ur den sorgligt ödsliga lokalen. Rogers mamma hade alltid sagt till honom att hade han inget snällt att säga så skulle han vara tyst. Roger gjorde alltid som hans mamma sa.

De blivande före detta kollegorna satte sig tungt på varsin stol och förlorade sig i sina egna tankar. Nadir visste att det var ruskigt svårt för honom som invandrare att få jobb, han hade varit så lycklig och stolt över det här jobbet. Och Roger avskydde när hans tillvaro ändrades. Det här jobbet hade han fått tack vare sin pappas kontakter, han hade ingen aning om hur man sökte jobb. Han fick fråga mamma när han kom hem, om vad han skulle göra nu.

Frederiq låste upp dörren till sin lägenhet. Det doftade svagt av såpa och det befarade berget av post lyste med sin frånvaro. Istället låg det en trave brev prydligt på köksbänken, bredvid en chokladask och ett kort med en teddybjörn som höll ett knippe ballonger. Inuti kortet stod med stora tuschbokstäver: "Välkommen hem!", undertecknat av Alex, Stina, Nadir och Roger. Frederiq log och grät på samma gång. Han blev inte mindre rörd när han öppnade kylskåpet och såg att där fanns färskt material för både frukost, lunch och middag ett par dagar framöver.

Han bläddrade igenom breven och la fönsterkuverten åt sidan. Strama betalningsuppmaningar och påminnelseavgifter orkade han inte ta sig an nu. Ett av kuverten hade ItWorks logga i hörnet och hans adress var handskriven. Trots att han fick dåliga vibbar öppnade han kuvertet med ett ryck. Efter att ha läst de första meningarna ångrade han sig. Konkurs. Inget jobb. Fan.

Alex sträckte på sig, rätade till den sprillans nya skjortan och funderade igen på om han skulle ha tagit slips. Nej, det blev för stelt. Han drog ett djupt andetag, det fjärde på en minut, och kände hur det snurrade till i huvudet. Okej, andas normalt. Le. Öppna dörren. Gå in. Och så gjorde han det.

– Hej, du måste vara Alex, välkommen!

Knattis reste sig från sitt skrivbord och tog ett par långa steg fram till den uppenbart nervöse unge mannen som klev in i lokalen. Hon skakade hans hand och torkade ytterst diskret av hans handsvett på sitt ena jeansklädda lår. Alex log och nickade, han var torr i halsen och fick inte fram ett ord.

– Varsågod och sitt! Vill du ha en kopp kaffe?

Alex nickade igen och kraxade fram:

– Ja tack gärna.

Han önskade att han kunde säga att han ville ha mjölk i kaffet men han kände att rösten inte funkade helt än. När Knattis sträckte fram en neongrön mugg med företagets logga på log han tacksamt och tog hastigt en klunk av kaffet för att klara strupen. Han brände tungan och bet sig i den för att hindra en grimas, harklade sig och tänkte ilsket att han måste skärpa sig.

Knattis var van vid att prata med stressade människor, som till exempel flyktingar som förlorat anhöriga, bostad och tillhörigheter. Det var hennes vardag på Migrationsverket. Erfarenheterna från det gamla jobbet hade hon stor nytta av i det här nya jobbet.

– Jag kan väl berätta lite om företaget och den här

102

tjänsten, så kan du flika in med frågor allt eftersom?

Och så pratade hon på, och såg hur Alex snart slappnade av. Hans ögon lyste, han lyssnade noga och han ställde relevanta frågor. Knattis vävde in motfrågor om Alex när hon svarade på hans frågor. Antagligen märkte han inte ens att han blev intervjuad. Så efter en halvtimmes samtal rundade Knattis av med:

– Jaha, Alex, jag är nöjd faktiskt. Jag tror att jag har fått veta det jag behöver.

Alex tittade förvånat på henne. Så här var han inte van vid att anställningsintervjuer gick till. Inte för att han varit på så många - tre med den här för att vara exakt - men han hade ju hört av kompisar och läst på internet... Han hade övat in svar på de där typiska frågorna, om starka och svaga sidor och vad man skulle bidra med till det här företaget. I och för sig var han rätt glad att han slapp använda de svaren för de kändes ohyggligt torra och floskelaktiga.

– Vad bra, svarade han och reste sig sakta. Han antog att intervjun var slut men blev osäker på vad han förväntades göra nu.

Knattis reste sig också, för att han inte skulle känna sig obekväm, och sa uppmuntrande:

– Jag hör av mig när jag har pratat med dina referenser. Det borde bli inom några dagar.

Tre referenser hade Alex: Frederiq, Stina och en före detta lärare. Knattis hade så gott som redan bestämt sig, men det här var ett bra sätt för henne att träna på rekryteringsprocessen. Det skulle bli mycket sånt framöver.

Alex tog i hand, bockade lätt och klev ut på gatan, nu med betydligt lättare andning och sinnelag. Det hade nog gått bra. Hon var i alla fall snäll, Stinas syster. Han hade träffat henne någon enstaka gång när han var i tonåren, men då bara i förbifarten. Hon påminde en hel del om Stina. Det var bra, tyckte Alex.

Kapitel 24

– Tack för idag, då ses vi igen om en vecka!

Stina stängde lättad dörren efter den sista deltagaren. Det hade inte gått så bra idag. Deltagarna förstod inte vad hon menade när hon förklarade, hennes skämt föll platt till marken, deltagarna frågade om saker hon inte hade tänkt att gå igenom den här gången... Blä. Förnuftsmässigt begrep hon att det var den bristande erfarenheten som spökade. Det enda receptet mot bristande erfarenhet var att skaffa sig mer erfarenhet vilket krävde tålamod. Inte Stinas paradgren.

Det slog henne att det hade vibrerat i byxfickan mitt i cirkeln, och nu tog hon upp mobilen för att kolla vad som var orsaken till det. Ett sms från Frederiq:

Tack snälla du för det underbara välkomnandet hem! ItW i konkurs. :-(

Snacka om blandade känslor. Hon var glad att Frederiq uppskattade det som Alex hade fixat i ordning. Beskedet om ItWorks konkurs var ingen nyhet för henne fast det visste ju inte Frederiq. Det var för väl att Frederiq hade blivit sjukskriven i flera månader på grund av sina bedrövliga värden. Hans kropp hade inte svarat bra på närings- och vätskebristen som han drog på sig när han stupade i sängen. Något nytt jobb var han helt klart inte redo att söka, vare sig mentalt eller fysiskt.

Adele satt vid sitt skrivbord, där hon hade röjt en glugg så att hon kunde sortera deltagarlistor. Hon vinkade välkomnande till Stina som knackade på dörrposten.

– Kom in, kom in! Vad roligt att se dig! Hur går det?

Stina sköt undan en trave kursböcker med foten, så att hon kunde halvsitta på kanten av bokhyllan. Adeles rum var inte anpassat för besök. Knappt för kontorsarbete heller, om man tänkte ergonomiskt. Men Adele verkade inte bekommas.

– Det går ganska bra, tack. Jag har mycket att lära.

Stina log ursäktande. Hon gillade inte att vara nybörjare på saker. Nybörjare behövde träna, ofta genom att repetera. Repetition tyckte Stina var tjatigt. Och trist.

Adele log sitt soliga och smittande leende, så likt sin mors.

– Deltagarna är i alla fall jättenöjda, det ska du veta. Jag har redan fått flera anmälningar till en fortsättningscirkel och några har rekommenderat oss för sina vänner som hört av sig för att anmäla sig till nästa grundkurs. Så du är på rätt spår.

– Det var roligt att höra!

Stina var betydligt mer lättad över Adeles besked än hon antydde med sitt svar. Skräcken vore ju att sabba Folkbilderiets rykte, så ingen ville gå it-cirklar hos dem. Eller andra cirklar heller. Hon bestämde sig för att berätta om sin idé:

– Jag har ett förslag på en ny studiecirkel.

Adele sken upp och tittade intresserat på Stina.

– Jag tänkte mig något i stil med en fortsättning på

"Svenska för invandrare"... arbetsnamnet skulle kunna vara "IT för invandrare". Att nyanlända får hjälp att komma igång med svenska sajter typ arbetsförmedlingen och försäkringskassan och sånt.

Adele nickade entusiastiskt och antecknade på en postit-lapp som hon satte på hörnet av den bärbara datorn. Stina fortsatte:

– Jag vet en jätteduktig kille, från Syrien, som skulle kunna vara perfekt som cirkelledare. Vi jobbade ihop innan jag startade eget.

Adele höll pennan i luften ovanför ännu en postit-lapp, tydligt beredd att fortsätta anteckna. Hon tittade förväntansfullt på Stina som fyllde på:

– Ja... Nadir heter han. Nadir Eslano. Ska jag be att han kommer hit en dag?

Nadirs namn var nu noterat på en grön lapp och Adele nickade samtidigt som hon försökte få pennan att ge ifrån sig lite mer bläck. Det misslyckades trots flera försök så hon slängde pennan i papperskorgen och tog en ny från den mugg där en smärre skog av pennor med Folkbilderiets logga trängdes.

– Det vore jättetrevligt! Gör det! Så snart som möjligt! Det är en jättebra idé! Jag ska prata med Bjarne på en gång, faktiskt!

Adele var redan framme vid dörren och Stina förstod att det var hennes signal till att lämna rummet. Det gick undan i svängarna när Adele var inblandad. Fast det passade Stina bra - att dra saker i långbänk var nästan lika tråkigt som att träna på något.

På väg ut till motorcykeln fick Stina ett nytt sms. Det var från Jenny, som hade kommit hem från Island häromdagen. Meddelandet var skickat till både

Stina och Jonatan och löd:

Vi måste träffas. Har mycket stor nyhet att berätta. Sushi på Gula giraffen i morrn, kan alla?

Jaha, vad skulle man tro om en sån avisering? Bra eller dåligt? Stina skrev ett kort jakande svar och drog på sig hjälmen medan hon väntade på eventuell respons. Strax kom jakande svar även från Jonatan som föreslog ett klockslag också. Stina bekräftade det, stoppade ner mobiltelefonen och startade motorcykeln. Körsäsongen började gå mot sitt slut, i alla fall datummässigt, men det var fortfarande ovanligt varmt för årstiden. Det gällde väl bara att få ut det gottaste av det hela. Man fick göra vad man kunde med vad man hade att tillgå. Var hade hon hört det förut?

Kapitel 25

– Vill du ha mer mat, mamma?

Roger tittade tålmodigt på den gamla kvinnan som utan att svara fortsatte att skrapa sin tallrik ren från blomkålssoppan. Skrap, sörpel, smack. Skrap, sörpel, smack. Gång på gång på gång tills Roger tröttnade och tog tallriken ifrån henne. Han dukade av bordet, sköljde av, satte in i diskmaskinen och i kylskåpet. Allt under tystnad. Hans mamma vaggade fram och tillbaka på stolen med blicken riktad mot fönstret, men Roger visste att hon inte såg mer än en halvmeter framför sig på grund av starren. När han hade torkat av bord, bänkar och sin mor hjälpte han henne att förflytta sig till sin gungstol i vardagsrummet. Efter att han startat radion gav han henne fjärrkontrollen så att hon kunde höja ljudet så högt att grannarna snart skulle banka ett par gånger i väggen.

Han hade försökt att berätta om företaget och att han snart skulle bli av med jobbet, men han pratade väl för tyst eller var för otydlig, för hon verkade inte förstå. Hon berättade i alla fall inte vad han skulle göra, så som hon hade gjort förut. Sen några månader tillbaka hade hon slutat prata med honom, mer än några ord i taget, och de orden hade oftast inget att göra med det han pratade om. Han visste inte vad han skulle göra för att det skulle bli bra igen. Och han visste ännu mindre vad han skulle göra när han inte längre skulle gå till ItWorks om dagarna.

Rogers pappa ringde en gång i veckan, det skulle vara dags ikväll igen. Han ställde alltid samma frågor och Roger svarade alltid samma sak. Samtalet tog bara några minuter och var en del av veckorutinen, ungefär som att duscha, tvätta och stryka skjortor. Också sånt gjorde Roger på bestämda dagar. Hans mamma hade tvättat och strykt förut men hon tyckte nog att han var stor nog att göra det själv nu, eftersom hon slutat göra det och bara lyssnade på radio istället. Men Roger skulle nog bryta åtminstone en rutin ikväll och fråga pappa om det där med jobb. Han borde veta, för han ägde företag där många människor jobbade.

Roger gick in i sitt rum, efter att han sänkt radiovolymen lite från mammans grannovänliga nivå. Hon fortsatte obekymrat att vagga fram och tillbaka i gungstolen, med sin virkning i händerna. Roger tyckte inte att den där virkningen verkade förändras alls från dag till dag, men vad visste han. Han kunde ju inte virka.

Hans mobiltelefon ringde, på exakt samma klockslag som den alltid brukade ringa den här dagen i veckan. Displayen avslöjade som väntat att det var pappa. Roger svarade efter tre signaler, som han alltid gjorde.

– Hej pappa, det är Roger här.

– Hej Roger, hur mår du?

– Jag mår bra. Och mamma mår bra. Vi har nyss ätit. Soppa.

Samtalet följde schemat, ända fram till att pappan suckade lite. Nu var det dags, det visste Roger, för nästa steg var att säga hejdå och sen skulle samtalet avslutas. Han drog ett djupt andetag och sa snabbt:

– Pappa, jag ska inte jobba på ItWorks längre. Det har gått i konkurs.

Det var länge tyst i andra änden, sen hördes en trött suck och ett harklande.

– Ja, jag vet. Jag hörde det av Olov. ItWorks gick visst dåligt. Men jag ska se om det finns något annat företag i koncernen som du kan jobba i.

– Tack pappa.

– Men nu måste jag gå. Du får ha det så bra och hälsa till mamma.

Slutet av samtalet följde rutinen, även inkluderat Rogers avskedsreplik:

– Hon hälsar tillbaka. Hejdå.

Och så blev det tyst i luren. Roger satte sig vid sin dator, ställde äggklockan på en timme och startade datorspelet. Han skulle nog hinna vara med och inta nästa stad innan han måste bryta för att hjälpa mamma i säng. Laget sa aldrig något om det. I datorspelet var han en stor, stark och omtalat skicklig soldat som ingen tjafsade med. Han trivdes faktiskt allra bäst i den världen och önskade att han kunde få vara där jämt. Men så var det inte att vara vuxen, det hade mamma sagt åt honom innan hon slutade prata med honom. Och det mamma säger, det gäller. Roger laddade om sitt vapen, slängde in en handgranat i fiendens bunker och ropade ny attackorder till sina mannar genom datorns mikrofon. Den här ynkliga byn skulle bli en lätt match.

Kapitel 26

Det var inte så ofta som Jonatan kom iväg ensam hemifrån på dagtid sen pojkarna föddes. Att få träffa både mamma och syster på lunch kändes lyxigt, även om Jennys sms hade varit lätt olycksbådande.

Stina och Jenny stod redan utanför restaurangen och väntade på honom. Han kastade en förstulen blick på klockan. Aj då, han var visst tio minuter försenad trots att han faktiskt ansträngt sig för att komma iväg i tid. Med hjälp av ett jättestort leende och ännu större kramar hoppades han komma undan det värsta skället. Det funkade nästan varje gång.

Restaurang "Gula giraffen", omtalad i hela sta'n för sin frikostiga och fräscha sushibuffé, gjorde ingen av dem besviken idag heller. Jonatan hade aptit som matchade hans närmare två meter i längd och dessutom njöt han av att kunna äta utan att någon annans mat hamnade på hans tallrik, på golvet eller i håret på den ätande. Matdags med tvillingpojkarna var inte direkt avkopplande.

Jenny berättade små anekdoter från Islandsresan mellan tallrikspåfyllningarna, bland annat förstås om avsmakningen av den ruttna hajen. Isländsk sushi. Både Stina och Jonatan gjorde grimaser men det dämpade inte deras aptit. Avsaknaden av kräsen mage tycktes genetisk.

Stina sa inte mycket. Hon njöt mest av att umgås med ungarna, eller unga vuxna var väl en bättre benämning. Men en mamma är ju alltid en mamma.

Inte förrän de satt med kaffe efter maten tog Jenny äntligen bladet från munnen och berättade om Duncan. Jenny och Jonatans hittills okända halv-lillebror som bodde i Skottland och som hon hade träffat på sin Islandsresa. När man sa det på det viset lät det nästan otroligt och Jenny fick berätta hela historien flera gånger om innan hela pusslet föll på plats.

– Mamma, har du vetat om det här?

Jonatan var tvungen att fråga. Han hade inte känt att han saknade något som barn, han hade ju Jenny. Men en lillebror... Det hade varit ballt ändå.

Stina skakade på huvudet. Hon var lika ställd och chockad som Jonatan.

– Jag har inte haft nån som helst kontakt med eran pappa sen han flyttade till England. Jag hade ingen aning. Ingen aning alls.

Jenny, som hade haft lite mer tid på sig att smälta det hela, sa:

– Jag tycker det är rätt coolt. Duncan är okej.

– Alltså, jag vill ju träffa honom! Men.. vad tycker han om det hela då? Vill han träffa mig? Oss? Jag menar, ha en relation liksom?

– Han vill jättegärna träffa dig och din familj. Och dig med, mamma.

Jenny fortsatte att berätta nyheter, nu när hon ändå hade deras uppmärksamhet:

– Jag ska åka till Nevada. Pappa bor där, sa Duncan, och jag tänker leta rätt på honom.

Varken Jonatan eller Stina blev förvånade över att Jenny skulle resa vidare, men uppgiften om pappans del i den planen var överraskande.

– Är du säker på att det är en bra idé? Han har ju

aldrig gjort det minsta lilla för att kontakta oss.

Jenny snörpte på munnen som svar på Jonatans skeptiska fråga.

– Jag tänker försöka i alla fall. Han får väl stänga dörren i ansiktet på mig om det inte passar. Fast inte förrän han svarat på hur fan han tänkte när han övergav en 18-åring med tvillingar.

Stina stirrade stumt på Jenny. Detta var allra första gången, i hela sin livstid, som Jenny hade kommenterat vad hon egentligen tyckte om sin far och hans agerande. I alla fall så att Stina hörde det. Jonatan sa ingenting. Kanske höll han med Jenny, Stina kunde inte läsa hans ansikte. Det här var ytterligare en sån situation då Stina önskade att hon kunde ringa till den hon pratade med och på så sätt få höra vad personen tänkte. Men det var väl inte direkt ett realistiskt alternativ nu.

Restaurangens personal hade börjat cirkla allt snävare runt deras bord och Stina insåg att de hade suttit med sina halvtomma kaffekoppar orimligt länge. Hon log ursäktande mot personalen och uppmanade ungarna att göra sig klara att gå. Jonatan frågade:

– Jenny, ska du hemåt eller? Kan jag åka med dig? Nästa tåg går inte förrän om 45 minuter.

Jenny nickade och pekade med handen mot idrottsplatsen på andra sidan vägen, där hon hade parkerat bilen hon hade lånat av grannen.

– När skulle ni titta på den där bilen, den som Gunnars kollega skulle sälja?

– Den var visst redan såld, messade Gunnar. Men han har tittat på några annonser så vi ska väl ta en roadtrip nån dag.

Jonatan var tacksam för hjälpen att köpa bil men inte särskilt exalterad över projektet. Han kände sig så fånig när han skulle ha nån sorts åsikt om bilar, när han provkörde och så. "Snygg rattmuff" var inte en replik som imponerade, det visste han av erfarenhet.

– Åh, på lördag är det ju dags förresten!

Stina slogs plötsligt av något helt annat än det som hade skakat om deras värld under lunchen. Hon fattade inte alltid hur kopplingarna till de mest skiftande ämnen kunde uppstå, och ännu mindre förstod oftast de som hon pratade med. Jenny och Jonatan var däremot vana vid omkasten som deras mamma kunde prestera.

– Ja, för spelningen alltså. Jonatans första gig. Visst ska det bli kul?!

Det kunde ingen av dem förneka. Speciellt efter dagens lilla bomb skulle det bli kul att göra något helt annat som familj.

Stina kramade om sina barn ordentligt och gick baklänges vinkande så länge hon kunde se dem. Idag hade hon valt att cykla, och eftersom hon numera hade förmåga att cykla väldigt, väldigt snabbt ville hon inte att alltför många skulle se henne in action. Därför hade hon hade låst fast cykeln vid en vägbom i utkanten av sta'n och begav sig nu mot den med raska steg. Hon fick lägga band på sig för att inte låta stegen bli alltför raska, för då skulle hon ändå avslöja en av sina superkrafter för omgivningen. Det hade hon inget intresse av.

Jenny och Jonatan passade på att prata vidare om

Duncan i bilen. Det var mest Jonatan som ställde mängder av frågor om Duncan - hur ser han ut, hur är han, vad gör han? - och Jenny svarade så gott hon kunde. Till slut sa hon:

– Ring honom, Jonatan. Styr upp så att vi kan träffas allihopa.

Jonatan nickade beslutsamt. Han tog emot Jennys mobiltelefon som hon räckte honom, så att han kunde skriva av Duncans kontaktuppgifter i sin egen telefon. Lillbrorsan skulle snart få ett samtal.

Kapitel 27

Stina slog sig ner bland juristerna med sin kaffe-kopp och en bit av den pinfärska pistagekrans som bjöds till eftermiddagsfikat. Det var första arbetsda-gen för Annikas blivande efterträdare, Lise-Lott, och Stina var på plats för att se till att den nya datorn och alla inloggningar i systemen funkade som de skulle. Allt gick så smidigt att Stina nästan blev misstänk-sam.

Det stora samtalsämnet på byrån var den pågående rättegången som mer än hälften av byråns jurister var inblandade i. Rättegången hade fått viss massmedial uppmärksamhet, eftersom motpartens advokat var en sån som ofta syntes i tv och betraktades som ett orakel av kvällstidningarna. En äldre herre med för-måga att leverera rubrikvänliga repliker och se tro-värdigt sträng ut på bild. För advokatbyrån WGY var detta en ovan situation - entreprenadrätt tillhörde inte det som media gick igång på i vanliga fall. När nu journalister hörde av sig i flåsande jakt på "avslö-janden" så gällde det att hålla tungan rätt i mun, vil-ket en av de mindre erfarna juristerna fått lära sig den hårda vägen. Hans vänliga och ärliga svar på en jour-nalists till synes oväsentliga fråga slogs upp stort som ett påstått bevis på motpartens oskuld. Det delä-garna senare hade sagt till den förtvivlade unge man-nen lämpade sig inte för vare sig tryck eller tal, hade Annika anförtrott Stina.

Byråns andra ben, utbildningsverksamheten, var

av naturliga skäl en lugnare verksamhet, sett ur medias perspektiv alltså. Det var bara någon enstaka branschtidning som intresserade sig för kurser som "Så tolkas avtalsgodkännande" och "Offerera korrekt för LOU".

Perry, som hörde till den senare falangen av byrån, satte sig bredvid Stina. Han hade avstått kaffet men kompenserat med en jättelik bit pistagekrans. Medan han jagade rostade mandelflarn på sina svarta kostymbyxor berömde han åter Stina för hennes senaste introduktionsinsats.

– Det blev väldigt bra, det där! De nya medarbetarna har inte ställt mig en enda fråga om it-systemen sen de började. Mycket bra.

Stina var inte helt säker på att Perry av alla medarbetare uppfattades som byråns bästa alternativ att ställa it-frågor till, men hon avstod från att kommentera det. Hon hade fått ett par frågor via mejl från de nya juristerna men det var helt klart att det mesta hade funkat riktigt bra från första början.

– Jag tänkte faktiskt höra om du är intresserad av att utöka din utbildande insats.

Perry hade försett sig med en clementin som han försiktigt skalade. Citrusfläckar på skjortan var inte optimalt. Han väntade på respons från Stina.

– Ja… jo, det kanske jag är men… Vad tänkte du då?

Stina lät lika osäker som hon kände sig. Vad skulle hon kunna utbilda i på en advokatbyrå?

– Det finns några it-system som i princip alla våra klienter använder, eller borde använda sig av. Branschspecifika system, som dels underlättar för klienterna i deras verksamhet och dels snart kommer att bli lagkrav på att använda.

Clementinen hade ätits upp fortare än det gick att skala den och Perry tittade nu längtansfullt på mintkaramellerna i den lilla kristallskålen på bordet. Han fortsatte, med adress till Stina:

– Så vi tänkte starta en utbildning i åtminstone ett av de systemen. Som en liten testverksamhet. Men som du vet så är jag inte jätteduktig på datorer. Därför tänkte jag på dig.

Stinas osäkerhet hade inte minskat. Hon kunde inte ett skvatt om de systemen, hon visste inte ens vad de hette. Fast hon kunde förstås lära sig. Så hon sa till Perry:

– Det skulle kunna vara ett roligt uppdrag.

Det skulle inte bli som en studiecirkel, som formades efter deltagarna, utan här skulle det bli fasta mål att uppnå. Enklare att planera, enklare att utforma, definitivt annorlunda och definitivt en kul utmaning.

Perry hade fallit för frestelsen och tog av papperet på den tredje mintkaramellen. Han var snabb, det måste man medge. Det höga krasandet när han stoppat karamellen i munnen avslöjade att här var det inte fråga om någon utdragen process. Han nickade och slog sig belåtet på låret, innan han reste sig. Efter att ha tvekat en kort stund, tog han ytterligare några mintkarameller från den nu nästan tomma skålen och började omedelbart befria dem från sitt omslagspapper. Till Stina sa han innan han försvann in på sitt rum:

– Då säger vi så. Jag hör av mig om detaljerna.

Stina log mot hans ryggtavla och fick strax ögonkontakt med Annika. Hon hade uppenbarligen följt åtminstone delar av konversationen och nickade uppmuntrande. Sen lyfte hon kristallskålen, med ett menande ögonkast åt Perrys håll. Skålen innehöll nu endast en enda mintkaramell, vilken Annika la beslag på innan hon gick för att fylla på skålen från det digra men för vissa delägare hemlighållna godislagret.

Stina reste sig och gjorde sig redo för att ge sig av. Hon gick bort med sin kaffekopp till diskmaskinen i det stora köket, vilket rymde ett matbord där alla byråns medarbetare kunde sitta ner samtidigt vid behov.

När Stina gick tillbaka genom korridoren hördes ett högt rop från ett av rummen hon precis passerade. Det var en av de biträdande juristerna som använde ett ovanligt ordval för den här miljön:

– Men vad tusan…!

Stina bromsade in och backade tillbaka. Hon la huvudet på sned och tittade på den unge killen som rev sig i huvudet och tryckte slumpartat på tangentbordet.

– Vad är det här... Stina, hjälp mig!

Stina klev in i rummet och gick fram till skrivbordet för att se vad som gjort juristen så förtvivlad och upprörd. Ungefär samtidigt som hon ställde sig bredvid juristens stol och tittade på skärmen så hördes skrattsalvor från dörröppningen, där tre av juristens kollegor stod hopträngda och fnissade som skolbarn. När Stina såg skärmen förstod hon juristens förtvivlan men hon kunde inte heller låta bli att skratta.

Skärmbilden var upp-och-nervänd. Och när juristen rörde musen åt ett håll, rörde sig musmarkören åt andra hållet. När han skrev text i det tomma dokument som fyllde halva skärmen så blev all text understruken. Plus att det kvittrade som en hysterisk kanariefågel varje gång en tangent trycktes ner.

– Era töntar!

Den för buset utsatte juristen försökte se arg ut men började snart skratta han också.

– Fy farao, jag trodde allt hade pajat ihop totalt och jag som inte hade sparat den där inlagan jag skrev innan fikat... Vad ni skräms!

– Rätt åt dig! Där fick du för att du vann det där målet och fick igenom det där löjligt höga skadeståndet! Och för att du bytte ut sockret mot salt i köket!

Det var tydligen den kvinnliga juristen som blivit offer för salt i kaffet, som hade varit den drivande i datorjusteringarna. Men det hade nog inte varit svårt att få med de andra på den kombinerade hyllningen och hämnden. Stina kände till ett och annat tidigare hyss som den här mannen hade varit upphovsman till.

Stina återställde kvickt de inställningar som juristerna kreativt nog hade ändrat. Att vända upp och ner på skärmbilden var en klassiker på många kontor, inklusive ItWorks. Där kunde man räkna med att det hände om man lämnade sin dator olåst. Många tekniker andades ut när kort-kommandot - "ctrl alt pil upp" - togs bort i den nyaste versionen av operativsystemet. Så småningom skulle det bli uppgradering även på byrån, men skämtarna skulle nog hitta nya vägar.

Stina lämnade det skojfriska gänget och tänkte med lite sorg på ItWorks. Det kändes onödigt att företaget hade begärts i konkurs, det hade verkat som en sund verksamhet när det snurrade på som bäst. Men hon visste förstås inte hur räkenskaperna såg ut och hon trodde inte att Olov var ett dugg intresserad av att delge henne, av alla, minsta lilla information om den saken. Nåja, var sak hade sin tid, det kanske var dags för ItWorks helt enkelt. Fast det var inte desto mindre trist för personalen som var kvar. Stina hoppades att Nadir skulle vara intresserad av studiecirkel-idén som hon hade presenterat för Adele.

Efter att ha tittat till Lise-Lott en sista gång och försäkrat sig om att allt fortfarande var under kontroll, ropade Stina hejdå till de som kunde höra henne från receptionen. Ute möttes hon av frisk höstluft och några virvlande rödgula löv. Det fanns visst ett slut på sommaren även i år.

En rask promenad tog Stina till centralstationen och tåget som skulle ta henne hemåt. Dessvärre visade det sig att hemresan skulle ta ett tag. På informationstavlan lyste texten, vid i princip alla avgångar åt det håll som Stina skulle åt: "signalfel". Upprepade högtalarutrop fyllde på med ödesbådande fraser som "tåget har en ny beräknad avgångstid…" och "tiden är preliminär och kan komma att ändras". Luttrade pendlare undersökte alternativa resvägar, andra resenärer köade till informationsdiskarna och ytterligare en del, som Stina, sökte upp ett fik och unnade sig en rejäl go'fika.

Kapitel 28

Det var svårt att säga vem som var mest uppspelt och nervös. De befann sig ännu på olika platser men de hade samma mål för kvällen och samma anledning att vara spänd, glad, nervös, uppspelt, eller bara finklädd, sminkad och välkammad. Anledningen: Jonatans första spelning.

Jonatan var för en gångs skull i mycket god tid. Stina och Gunnar var också tidigt på plats. Maria hade lämnat tvillingarna hos sina föräldrar och slank in i sällskap med Jenny. Knattis och Tony kom strax efter. Sällskapet satte sig vid ett bord och beställde in lökringar, ostbollar, jordnötter och drycker med varierande alkoholgrad. Några av Jonatan och Marias kompisar, Erik, Alex… det fyllde på med folk som Stina i de flesta fall kände igen. Skönt att Jonatan fick en publik som inte bara bestod av hans släkt i alla fall.

När det var en kvart kvar till att spelningen skulle börja kom det allt mer folk, och nu var det folk som åtminstone Stina inte visste vilka de var. Maria kunde peka ut någon före detta lärare, en granne från lägenheten som Jenny nu bodde i, ett par kompisar till hennes bröder… Men de allra flesta var dem helt främmande. Nu var lokalen snart full och det satt folk vid varje bord och på varje barstol. Sorlet var högt och stämningen gladlynt.

När Jonatan andats djupt för nionde gången tog han upp sin gitarr och sina spelnoter och gjorde sig redo att gå ut i lokalen. Han var nervös men ivrig.

123

Men han var inte beredd på det hundratal människor som mötte honom med applåder och jubel när han klev ut på scenen.

Jonatan satte sig på den höga pallen och slog ett par slag på gitarrens strängar. Han harklade sig och drog ett djupt andetag. Nu fanns det ingen återvändo. Eller, jo, visst, han kunde springa ut därifrån, och lämna drömmen bakom sig. Det gjorde han förstås inte utan han slog an ett ackord till och ropade till sin publik:

– Mår ni bra?

Publiken svarade med ett rungande ja och applåder. Jonatan nickade till killen som satt bakom syntmaskinen, som skulle utgöra hans komp i kväll, och så drog de igång med den första låten - singeln som just nu klättrade på den svenska topplistan. Det tog inte lång stund innan folk sjöng med och gungade i takt. De kunde hans låt! Och de gillade den! Jonatan log så stort han kunde samtidigt som han sjöng och spelade vidare. Han fick hastigt ögonkontakt med Maria som stod upp och sjöng med i låten. Hon hade hört den hur många gånger som helst, långt innan den blev vad den var idag, men hon älskade den ändå. Fast allra mest älskade hon sångaren, och den kärleken var tveklöst ömsesidig.

Spelningen fortsatte i samma anda och Jonatan fick till och med skriva autografer efteråt. En tjej som sa sig representera universitets studenttidning bad att få ta några kort och göra en liten intervju. Erik dunkade Jonatan så hårt på axeln att han fick säga åt honom att sluta, och då övergick Erik till att rufsa om hans hår istället. Killar och deras ömhets-betygelser.

Vid ett bord närmast scenen, smuttande på en tjeckisk öl, satt den stolta mamman och log med hela ansiktet. Det här var mer värt än alla superkrafter i världen. I alla fall för henne. I alla fall just nu.

Kapitel 29

Kvällens studiecirkel hade dragit ut på tiden. Flera av deltagarna hade frågor att ställa och saker att diskutera. I aulan var det fullt med folk eftersom det pågick en föreläsning av en populär lokal förmåga, en kille som trots amputerat ben och arm var en framgångsrik banracingförare på motorcykel.

Stina varken kände sig eller såg ut som en racingförare när hon klädd i praktiskt allvädersställ gick ut till sin motorcykel. Hon drog på sig den lika praktiska hjälmen, av de mer trendkänsliga mc-förarna föraktfullt kallad för "korvätar-hjälm". Alltså en sån som man kunde fälla upp hela frontpartiet på. Hon kontrollerade att blåtands-headsetet hade kontakt med mobiltelefonen och gjorde en liten grimas över det ilskna pip som indikerade att batterinivån var låg i telefonen. Nåja, hon behövde knappast prata med någon på hemvägen och hon kunde sjunga själv istället för att lyssna på Spotify.

Den eldrivna motorcykeln sköt iväg längs vägen, nästan ljudlöst, bara stilla surrande. Det var inte mycket trafik när Stina väl kom ut ur Uppsala, väg 55 var för ovanlighetens skull nästan helt tom. Stina var väldigt glad för att hennes mörkerseende hade utvecklats till rena infraröda kameran. Mc-olyckan tänkte hon sällan på nu för tiden, förutom just när hon kunde använda någon av de förmågor som hade utvecklats efter den. Stina nynnade på "Balladen om den kaxiga myran" medan hon ökade farten till strax över skyltad hastighet.

Fördelen med att köra i mörker är att man upptäcker andra fordon rätt enkelt. I motorcykelns backspegel syntes strålkastare som verkade närma sig snabbt. Och mycket riktigt, det tog bara någon minut innan Stina blev omkörd. Hon hann uppfatta att det var en sportbil, men inte så mycket mer. Det var säkert frestande att gasa på med en sån bil när vägen var tom och rak och dessutom snart tvåfilig med vajerräcke mot mötande trafik. Bilens baklyktor var snart försvunna i horisonten.

Mobilen pep varnande igen och Stina hoppade till. Usch, hon var nog tröttare än hon hade trott. Hon hade suttit och funderat på Jonatans spelning. Vilket drag det hade blivit! Vilken succé! Och att sitta där - ja, okej, dansa, hoppa, applådera och jubla också - som stolt mamma och se hur Jonatans ögon lyste, hur inlevelsen växte, höra hur hans röst djupnade, hur gitarr-ackorden satt perfekt... Magiskt. Ja, det var ordet, det hade varit en magisk kväll.

Vad konstigt det såg ut på himlen. Det blinkade svagt till i olika färger, mest gult och orange. Som något misslyckat norrsken. Någon som sköt fyrverkerier, kanske. Mitt i veckan, mitt på hösten? Ja, konstigare saker hade väl hänt. När hon körde över krönet såg hon först lastbilen. Hade han parkerat vid vägkanten? Så dumt. Vad var det som stod framför lastbilen? En annan bil? Och vad var det som blinkade? Helsicke! De hade krockat!

Stina saktade farten och stannade en kort bit från lastbilen. Hon ställde ner motorcykeln på stödet, mitt på vägbanan, och var tacksam för att hennes hoj var så pass modern att den var utrustad med varningsblinkers. Hon brydde sig inte om att ta av sig hjälmen men drog av sig handskarna och fällde upp hjälmens front. Inte läge för korv nu, men väl ett samtal till SOS.

Lastbilen hade vikt sig vid släpet och högra hörnet av hytten var intryckt mot vägrenens nu buckliga plåträcke. Förarsidans dörr stod på glänt och Stina skymtade ett par jeansklädda ben innanför dörren. Framför lastbilen stod en bil. Det var ju den mintgröna Porschen! Den stod med fronten riktad mot vajerräcket, med vänstersidan intryckt mot lastbilshyttens främre vänstra hörn. Under sportbilens motorhuv såg det ut att slå upp små lågor. Stina drog ett djupt andetag och sa med darrande röst "ring ett-etttvå". Hon fick säga det tre gånger innan mobilen uppfattade det som ett kommando. Det gick fram ett par signaler och mobilen hann pipa varnande igen. Snälla, låt batteriet räcka!

– Sos 112, vad har inträffat?

Den kvinnliga rösten var djup och lugn och Stina började prata medan hon gick fram till lastbilen.

– En bil och en lastbil har krockat, på väg 55 strax utanför Örsundsbro. Där vägen går ihop från två filer till en.

– Är det någon skadad?

– Jag vet inte än.

Stina fick ta i ordentligt för att få upp dörren till lastbilshytten. En kraftig kvinna i 60-årsåldern, klädd i

128

slitna jeans och rutig skjorta, tittade på henne med skrämda och halvslutna ögon. Stina klättrade upp på sidostegen och strök kvinnan över kinden.

– Det kommer att ordna sig. Kan du klättra ur bilen själv?

Kvinnan nickade tvekande och Stina klättrade ner, följd av kvinnan som mer ramlade än klättrade. Till sos-operatören sa Stina:

– Lastbilsföraren verkar okej.

Just då segnade föraren ner på marken och skrek av smärta.

– Mitt ben! Ajaj, mitt ben!

Stina såg vad som orsakade smärtan och berättade det för sos-operatören. I kvinnans högra vad satt en vass metallbit inkilad. Det blödde inte så Stina lät metallbiten sitta kvar. Till kvinnans stora häpnad lyfte Stina upp henne i sin famn och bar iväg med henne, och satte ner henne utanför plåträcket vid sidan av vägen. En man kom fram med en filt och hängde den över kvinnans axlar. Stina tittade upp och såg att ett par bilar hade stannat bakom hennes motorcykel. Mannen frågade:

– Har du larmat?

Stina nickade och pekade mot sitt headset, som förmodligen inte syntes eftersom det var inbyggt i hjälmen. Hon vände och småsprang tillbaka till Porschen, där eldslågorna nu hade spridit sig till kupén. Det exploderade inte, som det gör på film, utan bara brann stillsamt som en mysig lägereld. Lågornas sken lyste upp ett ungt ansikte inne i bilen. Stina sa, med adress till personen i andra änden av telefonsamtalet:

– Det är någon som sitter i bilen.

129

– Räddningstjänsten är på väg. Kan du… *piiip*

Samtalet bröts. Mobilens batteri var slut. Stina ryckte i passagerardörren på Porschen - den satt fast. Lågorna blev större, kupén fylldes med rök. Föraren rörde sig inte, han såg ut att sitta fast under ratten. Han måste ut ur bilen, han måste ut nu! Stina andades djupt och koncentrerat och tog i, allt vad hon kunde. För kung och fosterland och allt däremellan. Dörren började ge med sig, hon ryckte hårt i den några gånger till och plötsligt lossnade den. Helt. Hon slängde dörren ifrån sig och ålade sig in i bilen, medan hon försökte att hålla andan. Det sved i ögonen, kliade i halsen, det var varmt. Alldeles för varmt. Killen gav ljud i från sig, svaga stönanden och hostningar. Tack och lov, han levde. Men han satt mycket riktigt fast, klämd mellan ratten och sätet. Stina ryckte, slet och drog och började nästan gråta. Funka nu då, förbaskade starka armar och ben! Ja! Rattstången böjdes upp med ett kvidande, ett hemskt metalliskt ljud. Stinas händer sved av värmen men hon kunde inte sluta nu. Hon fick tag om killens axlar och kunde släpa honom, fullständigt ovarsamt och utan minsta hänsyn till eventuella skadade kroppsdelar, ut ur bilen. I grevens tid, för lågorna spred sig snabbt till resten av inredningen och hettan ökade sekund för sekund.

Stina bar killen till samma ställe som hon placerat den kvinnliga lastbilsföraren. En ambulans hade parkerat bredvid Stinas motorcykel, och ett par hundra meter bort närmade sig två brandbilar i hög fart. Ambulanspersonalen tittade på Stina och de såg med all rätt förvånade ut. De hade precis fått höra att den här korta mc-kvinnan hade burit 140 kg lastbilsförare och nu kom hon bärande på en betydligt lättare, men helt lealös, avsvimmad ung man. Stina tog några steg åt sidan och lät proffsen ta över. Hon gick till sin motorcykel, slog av varningsblinkersen och tittade sig omkring. På andra sidan vägen hade en bil stannat och det hade kommit folk springande från ett närliggande hus. Uppenbarligen behövdes hon inte här längre, så hon fällde ner hjälmvisiret och satte sig på motorcykeln. Den startade direkt när hon tryckte på startknappen, hon fällde upp sidostödet och gled iväg lika ljudlöst som vanligt. Precis i samma stund som en polis skulle lägga handen på hennes axel för att hejda henne. Han ville gärna få reda på vem hon var. Ett par blixtar tvingade Stina att blinka ett par gånger, blixtar som om någon hade tagit kort. Folk var inte kloka, att fotografera en olycka istället för att hjälpa till.

Stina skakade i hela kroppen när hon körde den sista milen hem. Men det var ändå elva plusgrader, enligt motorcykelns display, hon borde inte frysa. Det var väl spänningen som släppte. Vad skönt att det hade gått så bra ändå! Att den där ovarsamma Porsche-föraren hade råkat ut för en olycka till slut kändes inte så oväntat, bara baserat på de gånger Stina hade sett hans körning. Det var väl karma i ett nötskal, det.

När Stina svängde in på gårdsplanen dröjde det bara någon sekund innan ytterdörren öppnades och

Gunnar kom ut. Han försökte att gå lugnt men han var snabbt framme vid hennes sida, när hon parkerade motorcykeln i carporten. Stina såg oron i hans ögon och kastade en blick på mc-klockan. Oj, vad sen hon hade blivit. Hon tog av sig hjälmen och gav sin man en puss.

– Det hände en olycka…

– Jag vet, jag fick upp en notis på min mobil, från lokaltidningens nyhets-app. Och så försökte jag ringa dig men fick inget svar.

Gunnar kramade om sin fru, hårt. Han ville inte att hon skulle se att han höll på att börja gråta. Stina kramade tillbaka, lika mycket lättad över att vara hemma som ledsen över att Gunnar behövt bli orolig.

– Det var den där mintgröna Porschen, som jag berättade om förut. Han hade nog försökt köra om lastbilen precis där filerna går ihop. Men jag fick ut honom.

Gunnar tog nycklarna ur motorcykeln och Stinas hand i sin. Han ledde in sin fru i det gula huset och låste dörren. Stina tog av sig skyddskläderna, lät dem bara falla till golvet. Hon borde hänga upp dem, insåg hon, men förmådde inte böja sig ner. Gunnar puffade henne varligt in till soffan i vardagsrummet. De hade tänkt köpa en ny för länge sen men de hade inte hittat någon de gillade. Så i den insuttna, av August välkloade, Ikea-soffan sjönk Stina ner och log tacksamt mot Gunnar som la en filt över hennes ben. Han gick ut i köket och tryckte igång kaffemaskinen som de hade köpt efter lottovinsten, den löjligt dyra men tjusiga maskinen som gjorde grymt gott kaffe på ett kick.

– Berätta nu, sa Gunnar och gav Stina kaffekoppen som hade katten Gustaf tryckt på utsidan, innan han satte sig bredvid henne i soffan.

Och Stina berättade. Flera gånger om och ganska förvirrat. Mellan kaffeklunkarna, med ögonen slutna för att för sitt inre se bilderna ur minnet av den krockade Porschen, lastbilen, eldsflammorna, metallbiten som stack ut från kvinnans ben, killens förvridna grimas när hon drog honom ur bilen... Gunnar lyssnade, flikade in någon fråga, kände hur hans puls gick ner och han kunde slappna av igen. Han var så lättad att hans fru var oskadd att han fick dåligt samvete. Två människor hade ju ändå skadats. Det lät som att hans fru hade räddat livet på den ena, med hjälp av sina superkrafter. För en gångs skull kunde han känna någon sorts tacksamhet över den olycka som Stina hade råkat ut för, för två år sen. Den gången hade han också varit orolig och det var inte trevligt att behöva känna den här känslan igen. Tack och lov att det inte hade blivit värre.

Kapitel 30

Gunnar väckte normalt sett aldrig Stina, den risken utsatte han sig inte för i onödan. Stinas morgonhumör var inte att leka med. Men nu, idag… Han skakade försiktigt hennes axel och viskade hennes namn. Stinas ögon öppnades till springor och hon mumlade något ohörbart men sannolikt inte glatt.

– Du måste se det här, sa Gunnar och höll upp en tidning framför henne.

– Det var totalutdelning av lokaltidningen idag, förklarade han, som svar på Stinas undrande min. De prenumererade inte på tidningen, utan läste nyheter på webben istället.

Halva framsidan av tidningen täcktes av en bild. Ett foto taget i mörker, där en hjälmklädd figur höll en människa i famnen bredvid en brinnande bil. Den svarta rubriken tvärs över sidan löd:

”Vem är superhjälten?”

Stina blev plötsligt klarvaken och stirrade ömsom på Gunnar, ömsom på förstasidan. Hon skummade igenom texten och utbrast:

– Herregud, vad har jag gjort! Vilken rubrik! Och var kommer den där bilden ifrån?

– Det är fler bilder och en längre artikel inne i tidningen. Det var väl nån av de som tittade på som tog kort.

Stina bläddrade hastigt fram till mittuppslaget, där flera bilder visade henne i mc-klädsel och hjälm när hon bar lastbilsföraren, slängde iväg bildörren och körde iväg med motorcykeln. På ingen av bilderna kunde man se hennes ansikte och inte heller några detaljer på hojen. Det skulle mycket till att någon skulle känna igen henne. Hoppades hon.

"...maskerad superhjälte..."

"...slet sönder bilen med sina bara händer..."

"...bar lastbilsföraren flera hundra meter..."

"...försvann ljudlöst på motorcykel..."

"...polisen efterlyser..."

Stina sjönk ihop. Hon visste inte vad hon skulle ta sig till. Tänk om någon skulle lista ut att det där... var hon. Vad skulle då hända?

Både Stina och Gunnar hoppade till när Stinas mobil ringde. Gunnar hade satt den på laddning när Stina slocknade som ett utblåst ljus, bara sekunder efter att hon hade lagt sig i sängen kvällen innan. Hon mindes inte att hon hade drömt något alls och var tacksam för det.

På displayen visades ett nummer med riktnummer från Uppsala. Stina rynkade pannan, hon kände inte många som hade fast telefon längre. Hon tryckte på svarsknappen och svarade avvaktande, beredd på att bemöta ännu en telefonförsäljare:

– Ja, det är Stina.

– Hej, det är från Uppsala-polisen. Sten Magnusson heter jag. Är det Mariana Stina Johansson jag pratar med?

Det gick inte att förneka. Få personer kände till hennes fullständiga namn. Stina svalde nervöst.

– Ja, det är jag...

– Vad bra. Vi har anledning att tro att du var vittne till, och behjälplig vid, en bilolycka igår kväll. Stämmer det?

Det kunde hon inte heller förneka. Eller kunde och kunde, men man ljuger inte för polisen. Om man inte är kriminell, och det kände sig inte Stina som. Bara liten och ynklig.

– Ja, jo, det stämmer väl…

– Ja, vi har slagit upp din motorcykels registreringsnummer i registret, och även fått telefonnumret bekräftat via SOS.

Varför frågar du då, tänkte Stina, men sa det förstås inte högt. Man ska inte ljuga för poliser och man ska inte heller vara spydig mot dem. Istället hummade hon lite till svar och funderade på om det var straffbart att lämna en olycksplats utan att anmäla sig någonstans.

– Vi skulle vilja prata med dig och få lite uppgifter om olyckan. Har du möjlighet att komma in till stationen under dagen?

Stina ville säga att hon tyvärr inte hade tid för hon skulle precis resa till månen eller annan otillgänglig plats men även den repliken fick stanna i hennes huvud. Till polisman Magnusson sa hon:

– Ja, det kan jag väl… Någon speciell tid?

– Nej, kom när som helst under dagen, mellan klockan åtta och fem. Vi har lunch mellan tolv och ett. Fråga efter mig. Vet du var stationen ligger?

Stina fångade upp en förbifladdrande tanke på korv stroganoff med ris och var nära att önska polisen smaklig måltid senare. Men hon bet sig hastigt i tungan och sa:

– Ja, jag vet var den ligger. Jag kommer under dagen.

– Jättebra, tack. Du är välkommen.

Det bisarrt avspända samtalet avslutades med en tanke på kaffe och wienerbröd och Stina antog att halv tio-slaget innebar fikadags på polisstationen. Hon la långsamt ifrån sig telefonen och tittade på Gunnar.

– Följ med mig, snälla?

Han nickade till svar. Stina log blekt och hasade ut på sängkanten. Det var nog bäst att gå upp, duscha, och ge sig av. Lika bra att få det avklarat så att hon kunde återgå till vardagen igen.

Kapitel 31

Duncan tittade uppmärksamt på bagagebandet som sakta förde fram en närmast outsinlig mängd väskor. Han var glad att följt sin mors resetips - "köp en gul väska" - för nu kunde han på långt håll se den komma ut genom plastskynket. Duncan trängde sig ursäktande fram och fångade upp väskan. Dags för nästa utmaning: att hitta syskonen.

Jonatan tittade i mobiltelefonen på fotot av Duncan som Jenny hade skickat honom, medan Jenny spanade otåligt på folkmyllret. Duncan gick inte att missa, med sitt röda hår och sin gula väska. Jenny och Jonatan vinkade samtidigt med båda händerna och upptäcktes snart av Duncan. Hans fräkniga ansikte sprack upp i ett stort leende och han vinkade ivrigt tillbaka, så ivrigt att han höll på att slå till en krum gumma som satsat på att gå mot folkströmmen stödd på en käpp och dragandes en gigantisk skinnväska på hjul. Duncan ursäktade sig på både svenska och engelska men fick bara en kort blick tillbaka.

Wow, hans storebror var ingen liten kille! Duncan tittade storögt på Jonatan som såg ut som en jätte bredvid Jenny. Men bortsett från längdskillnaden var det ingen tvekan om syskonskapet mellan tvåäggstvillingarna. Och snälla såg de ut, båda två, tänkte Duncan lättad.

Trots att det kändes både taffligt och blygt, kunde Jonatan inte låta bli att krama om sin nyfunna lillebror som också var hans söners farbror. Maria var hemma med grabbarna och hon var lika exalterad

138

som Jonatan över det kommande besöket. Hon var van vid en jättestor familj och mängder av släktingar, och var glad för att Jonatans sida av familjen nu utökades om så bara en aning.

– Är du hungrig?

Det blev Jenny som tog sig an det praktiska efter att hälsandet var överstökat. Duncan vände blicken mot Jenny och nickade hastigt. Han hade fullt upp att titta sig runt omkring, titta på människorna som han delade ursprung med i all sin halvsvenskhet. Hans pappa hade inte varit så road av att prata om det gamla hemlandet, utan all Duncans kunskap om Sverige kom från böcker, internet och de av skolans lärare som hade intresse för omvärlden. Han misstänkte att hans uppfattning om svenskar och det långsmala landet var ganska stereotyp.

– Vi tänkte ta med dig till ett värdshus, som är känt för sin goda svenska husmanskost.

Värdshus visste Duncan inte vad det var men husmanskost hade han hört talas om. Och smörgåsbord, förstås. Han nickade igen, ännu ivrigare. Jonatan tog hans väska och la in den i bakluckan, medan Jenny hoppade in på förarsätet. Det var hon som hade lånat bilen av grannen - igen - eftersom Jonatan fortfarande inte hade lyckats komma till skott att bli bilägare. Gunnar hade flera förslag men efter spelningen hade Jonatans tillvaro fyllts med en massa andra saker som han prioriterade högre än alla bilar i världen. Albumet var släppt, singeln låg på förstaplatsen för tredje veckan i rad och lokaltidningen hade gjort en intervju med honom som skulle publiceras i dagens tidning.

– Just ja, jag måste köpa tidningen!

Jonatan vek ihop sin långa kropp och drog igen bildörren. Han tittade uppmanande på Jenny som antog att hon nu förväntades sikta in sig på närmaste butik där "Upsala Nya Tidning" kunde köpas. Jenny tyckte det var höjden av ironi att en tidning hade en felstavning till titel. Det var säkert en gammaldags stavning ursprungligen men det såg ändå helt galet ut. Jonatan vände sig mot baksätet, till Duncan som lyckats trixa på sig det kärvande bilbältet, och frågade:

– Gillar du musik?

Duncan nickade igen, det började kännas fånigt. Han borde prata mer. Så han svarade:

– Yes, absolut! Vår pappa spelade i ett band, de spelade irländsk musik. Sånt gillar jag.

Jonatans musikalitet hade alltså en förklaring. Jonatan kände det som att han skulle ut på skattjakt, nu när han skulle få ledtråd efter ledtråd till sitt eget ursprung. Han hade aldrig sett sin pappa, aldrig pratat med honom, aldrig ens hört talas om honom mer än de få grundfakta som Stina tyckt att de borde få veta. Det hade uppenbarligen funkat alldeles utmärkt ändå, men nu fanns plötsligt möjligheter.

– Jag spelar gitarr och sjunger. Jag har precis gett ut ett album.

Jonatan rodnade lite. Han var inte van vid att betrakta sig själv som "en riktig artist" - han var ett tidningsbud som klinkade gitarr, sjöng rätt hyfsat och skrev egna låtar. Typ. Men det verkade bli ändring på det.

– Wow, vad häftigt! Kan jag få höra?

Jonatan tryckte fram Spotify på mobiltelefonen, där han hade sin singel sparad som en favorit. Han bad om ursäkt för ljudkvalitén och startade låten. Duncan lyssnade och utbrast beundrande:

– Great! Jättebra, jag gillar det verkligen!

Jenny svängde in till bensinmacken och parkerade mellan två släpkärror. Hon avbröt sina bröder, som nu hade börjat diskutera olika irländska band:

– Jag kilar in och köper tidningen och spolarvätska. Ska ni ha nåt?

Killarna skakade hastigt på huvudet och fortsatte försöka reda ut vem som varit den förste huvudsångaren i "The Cranberries".

Jenny ställde sig i kö med sina varor och bläddrade förstrött i tidningen. Framsidan täcktes av en mörk bild och en rubrik som påminde om en kvällstidnings flåsiga sensationssökande:

"Vem är superhjälten?"

Men snälla nån... Jenny hade hört något på lokalradion, strax efter topplistan där Jonatans låt spelades, om en krock mellan en personbil och en lastbil. Folk hade skadats och en bil hade brunnit, men mer än så hade hon inte uppfattat. Hon var inte så intresserad av de lokala händelserna, hon hade fullt upp med att fundera över sin planerade resa till Nevada. När hon skulle leta upp deras pappa och ställa honom mot väggen.

Jenny lutade sig in i bilen för att öppna motorhuven och slängde samtidigt tidningen i knät på Jonatan. Han började ivrigt bläddra efter den utlovade artikeln, och bläddrade förbi mittuppslaget men bläddrade tillbaka igen. Det var någonting han kände igen på en av de där bilderna… Han tittade närmare, flera gånger om. Nej, det kunde det inte vara. Det var inte möjligt.

Jenny hoppade in i bilen efter att ha fyllt på spolarvätska och tittade på sin nu bleke bror som höll upp tidningen och pekade på en infälld bild. Han sa ingenting. Jenny tog tidningen ifrån honom och tittade på bilden, först hastigt och ointresserad, sen närmare och noggrannare när hon förstod vad Jonatan hade sett. Det där ju såg precis ut som deras mammas motorcykel!

Duncan tittade förbryllat och en smula oroligt på Jenny och Jonatan när de stirrade allt ihärdigare på tidningsartikelns bilder. Till slut räckte Jonatan honom tidningen och sa:

– Vi tror att det där är vår mamma.

Duncan läste sakta artikeln, han hade lite svårare att förstå svenska i text. Men det handlade tydligen om en "super-hero" som hade räddat människor vid en trafikolycka. Han fattade inte om Jonatan menade allvar. Vadå, deras mamma? Duncan kom inte på något annat än att fråga:

– Så… eran mamma är en superhjälte?

Jenny och Jonatan visste inte vad de skulle svara på det. I deras ögon var hon rätt tuff men superhjälte är ett väldigt starkt ord. Dessutom ett ord som beskriver något som inte finns på riktigt. Jonatan sa:

– Alltså… när vi flyttade, Jenny… Kommer du ihåg? Morsan bar den där soffan själv och flera kartonger åt gången…

Jenny skakade på huvudet.

– Nej, det såg inte jag. Jag somnade ju med Leo

och Ludvig.

De satt tysta en stund till. Till slut sa Jenny:

– Nu åker vi och äter. Vi får fråga morsan om det här sen.

Praktiska Jenny. Hon startade bilen och körde ut från bensinmackens parkering, med siktet inställt på det pittoreska värdshuset ett par kilometer bort. Resan gick under tystnad och Duncan passade på att beundra naturen. Jonatan kom på varför de hade köpt tidningen egentligen och bläddrade vidare i den. Han hittade artikeln på nöjessidorna, en halv kolumn text med en bild där han satt på en pall med gitarren i knät. Han läste igenom artikeln, tacksam över att han var en sån som kunde läsa när han åkte med i något fordon. Det kunde inte Jenny, så hon körde gärna när hon fick chansen.

Jonatan log brett, det var en trevlig artikel. Han läste valda rader för sina syskon:

– Hör här: "den unge sångaren ackompanjerar sina egenskrivna alster med hög tonträff-säkerhet på gitarren, och texterna är vardagligt vänliga..." Och det här då: "den hittills okände artisten har säkerligen en lysande framtid framför sig..."

Han vek till slut ihop tidningen, med förstasidan inåt för att inte påminnas om vissa märkligheter. De var framme vid värdshuset och den vackra omgivningen fick Duncan att utbrista i förtjusta utrop. Sverige visade sig från sin bästa sida än så länge. Ja, om man bortsåg från den lilla detaljen att hans nyfunna syskon eventuellt hade en superhjälte till mamma, alltså. Fast det kanske var trevligt, det med. Duncan bestämde sig för att ta en sak i taget och börja med att njuta av den för honom lätt exotiska middagen. Gubbröra, kalops och kalvdans lät… annorlunda.

Kapitel 32

Alex tackade för lunchen och Knattis sa varsågod. När de nu skulle äta sin första lunch tillsammans som kollegor hade de valt den italienska restaurang som Stina och Knattis hade ätit på sist. Att anställa just Alex var ett lätt beslut, speciellt efter att Knattis hade träffat den andra kandidat som hennes kollegor hade tipsat om. Det hade visat sig vara en inåtvänd, blyg och lättdistraherad kvinna i trettioårsåldern, vars främsta mål var att kunna leva på att föda upp chinchillor. Det här jobbet, anförtrodde hon Knattis, var bara en tillfällig lösning. Men hon skulle givetvis vara på plats när det behövdes. När inte chinchillorna valpade förstås. Eller om hon behövde åka till veterinären. Men annars så, inga problem.

Alex var glad men också nervös, rädd att inte motsvara förväntningarna, orolig att inte klara sina nya arbetsuppgifter. Men han sa inget, han var rätt duktig på att hålla masken. Att han hade fått förtroendet, det betydde mycket, någon trodde på honom och satsade på honom. Resten skulle säkert ordna sig.

Knattis kunde inte låta bli att tänka på Tjabo när hon tittade på sin något spände men uppenbart förväntansfulle medarbetare. Alex var lite som en hundvalp, glad och oskuldsfull och redo att vara till lags. Precis som Tjabo. Nog för att hon hade hört många hundägare prata om att deras hund var som en familjemedlem, men det var inte förrän nu som hon förstod vad de menade - och trodde på det. Tjabo var ett underbart substitut för det barn de förmodligen aldrig skulle få. Både Knattis och Tony kände sig mer levnadsglada än på länge, och som bonus hade de båda gått ner flera kilo i vikt av att ständigt vara i rörelse för att bevaka den nyfikna valpens påhitt, och dessutom vara utomhus flera gånger om dagen.

På restaurangens vägg satt en liten tv som nu visade regionala nyheter. Reportern intervjuade en person, en kraftig kvinna klädd i rutig skjorta vilken såg ut att behöva en tvätt. I övre hörnet av tv-bilden stod:

"Vem är superhjälten?"

Knattis lyssnade med ett halvt öra medan hon smuttade på sin espresso. Alex lyckades få sin efterrätt att räcka dubbelt så länge som hennes hade gjort, mycket märkligt.

– Så du säger att den här maskerade mc-föraren bar dig flera kilometrar, då du inte kunde gå på grund av ditt söndertrasade ben?

Reporterns röst var gäll och upphetsad. Han tittade uppfordrande först in i kameran, sen på kvinnan, och stack mikrofonen under näsan på henne. Hon nickade frenetiskt och svarade:

– Ja, precis så var det. Helt otroligt. Sen ryckte den här… superhjälten… av hela taket på den där sportbilen som brann för fullt. Och räddade livet på killen i bilen då.

Reportern vände tillbaka mikrofonen till sig själv och kameran zoomade in så att bara han syntes i bild.

146

Han spände ögonen i kameran och förklarade bestämt:

– Ja, som ni hör så finns det alltså en superhjälte i Uppsala-trakten. En maskerad mc-förare med otroliga krafter. Men vem är det? Ingen vet. Hittills har två människoliv räddats - vad händer härnäst? Nyheterna följer spåren och återkommer så snart vi vet mer.

Klipp tillbaka till studion där en vänligt leende kvinna tackade reportern och sen började berätta om de senaste turerna kring det planerade bygget av en simhall. Eller ett idrottshus. Eller en kulturell multimötesplats. Det var tydligen total oenighet bland politikerna. Knattis vände åter uppmärksamheten mot Alex, som noggrant skrapade sin tallrik.

– Jaha, är vi klara? Dags att sätta igång och hjälpa folk till arbete. Det kan väl också betraktas som lite superhjälte-aktigt.

Alex, som inte hade lyssnat på nyhetsinslaget, tittade en aning förvirrat på Knattis men nickade vänligt som svar. Han fattade inte vad hon menade med superhjälte, fast det lät väl trevligt. Vem ville inte vara en superhjälte?

Stina ville inte vara en superhjälte. I alla fall inte en sån superhjälte som alla visste om. För då dög det väl inte att bara hjälpa sina barn att flytta enkelt och att underlätta för folk att hantera sina datorer genom att läsa deras tankar? Med stora krafter följde ett stort ansvar... så hette det. Och så var det där som hennes halvbror Johan skrivit. Den där djupsinnigheten författad i ett stillsamt isolerat tempel i Tibet:

147

"Det man kan av det man har". Det var kanske inte okej att få såna förmågor som hon fått och inte använda dem till något som var bra för hela mänskligheten? Eller åtminstone några fler än den närmaste omgivningen. Stina hade inte känt sig så här villrådig sen hon skrev tentamen i matematikens c-kurs på högskolenivå. Då hade hon löst det genom att ge upp, lämna in det halvskrivna provet och lova sig själv att inte ge sig på såna dumheter igen. Men nu, vad skulle hon göra nu? Kanske kunde det funka att bara ignorera det hela. Polisen fick väl inte lämna ut hennes personuppgifter hur som helst? Inte gick det att se att det var hon på de där bilderna i tidningsartikeln. Det skulle vara om någon kände igen hennes motorcykel... Nej, det var inte troligt. Så speciell var den inte.

Kapitel 33

Stina kände sig riktigt hemtam i Folkbilderiets lokaler nu. Hon hade tre cirklar igång och hade börjat komma på snitsen med det hela. Det var roligt att möta de oftast mycket entusiastiska deltagarna som var där på sin fritid och dessutom betalade för det.

Hon hade inte hört något mer från polisen sen hon och Gunnar hade varit på stationen. Besöket gick snabbt, polisen var bara intresserad av om Stina kunde bistå med några uppgifter om själva olyckan. Det kunde hon ärligt inte. Tidningens sensationslystna anslag i artikeln verkade totalt ointressant för polisen. De var nog vana vid att få höra både det ena och det andra i såna sammanhang.

Idag hade Nadir gjort debut som assisterande cirkelledare. Han hade hjälpt till på hennes nybörjarcirkel, för att se om detta var något för honom. Adele och Bjarne var eld och lågor över möjligheten att få in honom som resurs.

Efter cirkeln och under det sedvanliga efterföljande fikat var Nadir minst lika sprudlande som första gången han hade varit med på WGY, på den tiden då de hette Wass och Gren. Det var en tant som hade snörpt på munnen när Nadir presenterades, men hon brukade i och för sig snörpa på munnen åt nästan allting som någon annan än hon själv sa. Sen var det en herre som hade problem med hörseln, han tyckte det var lite svårt att uppfatta vad Nadir sa med den brytning han ändå hade efter flera år i landet - och förmodligen skulle ha resten av livet. Men Nadir hade rett ut det och haft riktigt roligt på kuppen.

Runt fikabordet var annars den stora snackisen ett tv-inslag på regionala nyheterna häromdagen. Alla tycktes ha smaskiga detaljer och visste saker om den maskerade mc-föraren som hade räddat flera liv. När Stina först hörde berättelserna trodde hon inte ens att det handlade om samma olycka som hon själv faktiskt hade stannat vid. Ingen tycktes i alla fall göra någon koppling mellan henne och den enligt ryktena flygande, superstarka, blixtsnabba men könlösa person som hade dykt upp från ingenstans och försvunnit till samma ställe efter sin heroiska insats. Att man inte gjorde en sån koppling var förståeligt när man såg Stina, det tyckte till och med hon själv.

– Om jag hade superhjältekrafter så skulle jag flyga runt i världen och rädda utsatta djur, sa den lilla satta kvinnan som hade hand om drejningen, med drömsk röst.

– Jag skulle få stopp på kriget i Syrien, sa Nadir, ganska tyst och lite blygt.

Efter den repliken kändes det fånigt att säga att man skulle hugga ner sin skog supersnabbt, som Bjarne hade haft på tungan, och Adele lät också sin fantasi om en handgrävd pool förbli outsagd. Stina… hon sa ingenting alls. Om hon hade super-krafter så skulle hon… ja, vadå? Agera flytthjälp, rädda ett par liv och sen låtsas som ingenting, tydligen. Hon ruskade på huvudet, som för att få bort hela grejen. Det funkade inte. Räddningen blev istäl-let ett sms som fick hennes mobil att surra där den låg på bordet framför henne. Hon kastade sig över den med oproportionerligt stort intresse, och log ursäktande mot de andra innan hon läste meddelandet med stor koncentration.

Hej, har du lust att titta förbi på hemvägen? Jag har bakat toscakaka. Och känner mig ensam. / F

Åh, stackars Frederiq... Han hade hört av sig flera gånger men Stina hade inte kommit sig för att hälsa på honom. Hon kände sig på något vis skyldig, som om att det var hennes fel att ItWorks hade begärts i konkurs. Förnuftsmässigt förstod hon att det var beslutat långt innan hon klampade in och använde sin superkraft på egentligen ganska barnsligt sätt, men ändå. Känslan bet sig kvar. Stina skrev ett svar:

Hej! Kommer gärna! Kan Nadir hänga med? / S

Hon hoppades att hon skulle ha rätt i att det skulle göra Frederiq gott att träffa fler människor än henne själv, läkaren och granntanten som i all välmening plingade på varje dag och erbjöd honom lokaltidningen.

Ja, kul! Han är välkommen! :-)

Hmm, hon kanske skulle ha frågat Nadir först. Men det var ingen fara kunde Stina snart konstatera. Nadir lät lika glad över inbjudan som Frederiq verkade bli för att han skulle komma. De hade inte setts på länge, faktiskt inte sen Frederiq blev sjuk.

Inbjudan blev en utmärkt ursäkt att bryta upp från fikabordet och lämna skvallret om vem superhjälten kunde vara, som diskussionen nu hade tagit fart kring. Nadir hade sin egen bil och Stina körde motorcykel. Det kändes som att det inte var så värst långt kvar på säsongen nu, när höstlöven börjat falla och temperaturen med dem.

Toscakakan var utsökt och Frederiqs lägenhet nästan maniskt välstädad. Hans energi var helt klart på väg tillbaka och han erkände själv att han började bli rastlös. Det tog fortfarande emot att umgås med mycket folk i taget men han funderade på att gå ut och spela boule med gubbarna i parken någon dag. Att byta några ord med gumman Jansson, som gav honom tidningen och passade på att berätta senaste nytt om sina barnbarn, var än så länge ganska lagom umgängesnivå. Tidningen lusläste han, till och med evenemangstipsen från bygdegården. Naturligtvis tog även han upp den mystiske superhjälten och Stina skruvade på sig. Han hade sett hennes motorcykel ganska många gånger, men han var väl ingen hojexpert precis. Hoppades Stina. Hon sneglade åter på bilderna som hon hade sett så många gånger förut - nej, man kunde verkligen inte se att det var hon.

Tack och lov gled samtalet snart över på Nadir och hans familj, det fanns mycket att berätta om dottern som nu gick i första klass och frun som hoppades bli klar med sin svenskakurs snart. Stina kunde fylla på med nyheten om Alex deltidsjobb på bemanningsföretaget som hennes syster var filialchef för i Västerås. Frederiq kunde berätta att Roger var det nog ingen fara med. Hans pappa var ju chef för den koncern som ägde bland annat ItWorks. Roger var den enda personal som Frederiq inte hade fått välja själv - Roger dök bara upp en dag på tröskeln till kontoret och sträckte fram ett brev från sin far. Instruktionerna i det brevet var inget som inbjöd till förhandling.

På hemvägen kämpade Stina för att tänka på absolut ingenting. Det gick hyfsat. Fast det var förstås inte en plan hon kunde fortsätta med hur länge som helst. Som hon önskade att hon aldrig hade fått sina krafter! Om olyckan aldrig hade hänt. Den enda kraft hon ville ha just nu, var faktiskt att gå tillbaka i tiden och göra vissa saker ogjorda. Kunde man önska sig det av tomten, tro?

Kapitel 34

– Sen slängde pappa igen dörren i ansiktet på greven och sa: "that guy must have been dropped several times when he was a baby".

Jenny, Jonatan och Maria skrattade så de nästan kiknande. Duncan var en duktig historieberättare, och att han hade så mycket att berätta om syskonens pappa gjorde inte saken sämre. Till och med Jenny, som varit mycket reserverad mot Duncan, hade nu börjat tina upp. Jonatan visste att hans syster inte gärna släppte folk in på livet. Men i det här fallet misstänkte han att hon projicerade agget mot sin frånvarande far på sin oskyldige nye lillebror.

Tvillingpojkarna som nu hade blivit med farbror tog det hela med den största fattningen av dem alla. De kröp upp i Duncans knä, Leo lånade honom ett leksakståg och Ludvig berättade med stor inlevelse om något, på sitt eget ännu obegripliga men ljudrika språk. Duncan själv, han bara njöt. Det hade varit bara han och hans mamma så länge, de vänner de hade haft hade försvunnit när hans pappa flyttade till Nevada. Och sen när mamma blev sjuk… ja, då blev Duncans värld ännu mindre. Tills hans mamma tvingade honom att resa ut i den riktiga världen. Han var inte säker på att han hade tackat henne tillräckligt för det.

Idag skulle de göra en utflykt tillsammans med Stina och Gunnar och Marias pappa och två av hennes bröder. Duncan såg fram emot att möta sin utökade familj med skräckblandad förtjusning. De skulle ju kunna tycka precis vad som helst om honom, från son till en svikare till en återfunnen förlorad son. Ungefär. Det skulle säkert bli trevligt ändå, för de skulle åka till Parken Zoo i Eskilstuna. Titta på djur och åka karuseller och köpa lotter, var den sammanfattning Duncan hade fått på frågan av vad man gjorde där.

Jonatan såg fram emot att få köra den nya bilen som nu äntligen var inköpt genom Gunnars ihärdiga hjälp. Det var verkligen skönt att ha en pålitlig och rymlig bil, det kunde Jonatan erkänna nu när kontrasten mot bland annat Eriks gamla Fiat blev så tydlig. Till och med tvillingpojkarna verkade gilla den. Fast de gillade i och för sig allting som rullade, brummade och gärna tutade. Jonatan unnade dem den sistnämnda förmånen tills bilen lämnade skogsvägen och körde ut på stora vägen. Leo och Ludvig klappade ivrigt händerna tills ljudet tystnade och somnade därefter bums. De skulle nog vara i toppform för att titta på djuren sen.

Stina och Gunnar åkte Miata och Marias familj tog sin lilla familjebuss. De hade bestämt att åka var för sig och träffas vid parken. Det var förstås lite baktanke med att sammanstråla på neutral mark, om nu någon inte skulle komma överens med någon annan. Då kunde man bara välja att gå lite vilse i parken eller helt enkelt åka hem när man tröttnade på sällskapet. Det såg ut att bli en vacker höstdag också, med sprakande färger, lagom temperatur och inget regn. Så här sent på säsongen var det ganska lugnt med besökare i parken.

Som väntat fick Stina och Gunnar och Marias familj stå och prata med varandra ganska länge innan Jonatan och gänget kom knallandes från parkeringen med raska steg och stressade miner. För det första hade de inte kommit iväg som planerat och för det andra hade bilens inbyggda gps skickat iväg dem på en sightseeing-runda runt stan. Det var nog hög tid att uppdatera kartfilerna i den, påpekade Gunnar försynt. Igen, för det hade han sagt åt Jonatan redan när de köpte bilen.

Stina och Gunnar propsade på att bjuda alla på inträdet. Marias bröder var mer intresserade av att bege sig till tivolit men pappa Yonis fick dem att gå med och titta på djuren först, i utbyte mot varsitt åkband sen. Duncan presenterades av Jenny, med en ganska kortfattad förklaring: "vår nya lillebror". Han tog samtliga i hand och bockade djupt, mest för att hans rodnande ansikte inte skulle synas så mycket.

Leo och Ludvig satt i varsin vagn och tittade storögt på allt, inte bara djuren. Deras favoriter blev, som för väldigt många, aporna som for omkring både i träden och på marken och lekte och busade, säkert lika mycket för sin egen skull som att de spexade för publiken. En lågt flygande helikopter, ett barn som tappade sin glass och brast ut i hjärtskärande gråt, ett pensionärspar som förflyttade sig och sina rullatorer i ett välsynkat sengångartempo… Allting fångade pojkarnas intresse och de pekade, babblade och skrattade precis hela tiden. Lättroade var bara förnamnet. Marias bröder gjorde sitt bästa för att hålla upp promenadtempot men kunde mutas till nedsaktning med hjälp av glass. Yonis och Gunnar hamnade i en diskussion om det politiska läget i Somalia medan Stina gjorde sitt bästa för att lära känna Duncan. Att han var spänd inför att prata med henne kunde en helt känslodöd person klarat av att konstatera. Stina gjorde sitt bästa för att få honom att förstå att hon inte betraktade honom som en ställföreträdare för den man som hade lämnat henne ensam med två barn för mer än 20 år sen. Vatten under broarna och individens ansvar, var några av de klyschor hon försökte förstärka med. Det kändes lättare att prata om Duncans mamma istället, och det gjorde Duncan trots allt gärna. Stina var nära att lägga armen om honom när han med låg röst berättade om mammans sjukdom.

– Tänk vilken tur att du och Jenny träffades på Island!

Ja, vilken tur. Eller slump. Eller var det helt enkelt bara meningen? Stina ville inte förlora sig i filosofiska funderingar, nu när de gick här och hade det så trevligt allihopa. En stor brokig familj med rötter från flera delar av världen. Det var meningen och det var meningsfullt.

Kapitel 35

– Vadå, inte meningsfullt? Det är ett jobb som alla andra. Du har inte lyxen att vara kräsen, Roger.

Rogers pappa lät irriterad, snudd på arg. Roger gjorde ändå ett nytt försök att förklara varför han inte hade gått till sitt nya jobb för tredje dagen i rad:

– Jag kan mer än att tejpa igen kartonger, pappa. Faktiskt.

Pappa suckade djupt, det brusade i telefonen av hans kraftiga utandning. Det enda jobb han hade kunnat hitta åt Roger med så kort varsel var att hjälpa till på ett industriföretag som skickade hygienartiklar till olika hotell. Personalen bestod enbart av personer med olika funktionsnedsättningar och samtligas löner var finansierade med rejäla lönebidrag. Företaget var rena guldgruvan.

– Jag ska se vad jag kan göra. Men nu har jag inte tid att prata längre.

– Okej. Mamma hälsar, hon mår bra.

Rogers svar var robotaktigt och dessutom inte helt sant. Mamma hade inte ätit på flera dagar. Roger tyckte att det kändes rätt att strunta i jobbet som han ändå inte trivdes med för att vara hemma och se efter henne. Han visste inte vad han annars skulle göra. Mamma pratade knappt heller. Hon påminde honom inte längre om när det var dags att byta skjorta, duscha och bädda rent. En av hans nya kollegor hade demonstrativt hållit för näsan när Roger kom gående. När han kom hem den dagen hade han frågat mamma om det var dags att duscha och hon hade nickat, väldigt sakta men tydligt. Sen hade hon med gester lyckats få Roger att förstå att hon ville ha kalendern som satt på väggen, den med olika fågelmotiv för varje månad. Med darrande hand skrev hon bokstäver i kalendern, som Roger genom rena frågesporten till slut förstod symboliserade olika hygienaktiviteter. Nu visste han när det var dags. Efter den kraftansträngningen somnade hans mamma sittandes i gungstolen och Roger fick väcka henne när det senare var dags att hjälpa henne i säng.

Det som var bra med att inte jobba var att han kunde lägga mer tid på datorspelandet. Han blev allt bättre och avancerade i spelets hierarki. I spelet visste ingen vem han egentligen var och det var väldigt skönt. Om någon i spelet hade hållit för näsan inför honom hade han kunnat arkebusera den personen. Eller kanske låta fängsla den till att börja med. Där hade han respekt. Där var han någon. Där var han hellre.

Roger blev sittande framför datorn hela natten. Drabbningen drog ut på tiden och hans armé drog på sig förluster. De behövde byta taktik, skaffa mer vapen, slå ner fiendens fort med list snarare än våld... Roger njöt och tiden flög. När solen plötsligt bländade honom från fönstret där han inte dragit ner rullgardinen insåg han att natten var slut. Och det med råge, kunde han konstatera när han tittade på klockan. Nu behövde mamma komma upp och gå på toaletten och sen få sina mediciner. Han fick lite dåligt samvete över att han missat hennes morgonrutiner med flera timmar och stängde hastigt av datorn. Det var kanske bäst att han gick till jobbet idag, så att inte pappa skulle bli mer arg på honom.

– Mamma, god morgon, det är dags att vakna… Roger viskade först, höjde sen rösten, upprepade sina vanliga fraser. Mamma reagerade inte, hon sov visst riktigt djupt idag. Han strök henne försiktigt över kinden. Så kall hon var. Det brukade hon väl inte vara? Han ruskade försiktigt i hennes tunna axel och höjde rösten:

– Mamma? Mamma, vakna nu. Du måste ta dina mediciner.

Hon kanske ville ha sovmorgon. Roger gick ut i köket och hämtade ett glas vatten och hennes fjorton tabletter, uppdelade i tre olikfärgade små plastmuggar. Han ställde det på hennes sängbord och gick fram till fönstret för att dra upp rullgardinen. Det var väldigt tyst. Ingenting hördes. Inte ens några rosslande andetag. Andades hon inte? Han struntade i den kärvande rullgardinen och gick tillbaka till hennes säng för att försöka se, höra, känna om hon andades. Nej. Nu började Roger bli nervös. Vad skulle han göra? Han kunde bara komma på en person att vända sig till. Hoppas han inte skulle bli arg när Roger ringde så här mitt i veckan, utanför schemat.

Roger hämtade sin mobiltelefon och tryckte in sin pappas nummer. Signaler gick fram, tills en telefonsvarare tog över och stelt meddelade att man kunde lämna sitt namn och nummer. Roger tryckte bort samtalet. Han gick och tittade till mamma igen. Hon låg bara där på rygg och… inte rörde sig, inte andades. Roger ringde samma nummer igen, kom till samma telefonsvarare och la på luren. Den proceduren gjorde han om och om igen. Vid åttonde försöket svarade äntligen hans pappa med irriterad och väsande stämma:

– Roger, vad är det fråga om? Jag sitter mitt i ett viktigt möte.

Roger viskade ynkligt, rädd att pappa skulle bli argare, rädd att han ringde av fel anledning, rädd för vad som var fel med hans mamma:

– Mamma vaknar inte. Och jag tror inte att hon andas. Pappa, hjälp mig.

Efter sekunder av tystnad hörde Roger hur hans pappa talade till någon i bakgrunden. Sen hördes bestämda steg och en dörr som slog igen. När pappa tog till orda igen pratade han långsamt och tydligt:

– Har du ringt till ambulans?

– Nej.

– Då gör jag det. Se till att dörren är upplåst och öppna när de ringer på. Förstår du vad jag säger?

– Ja.

– Jag kör härifrån nu. Jag kommer snart, Roger.

Så mjuk hade han inte han hört sin pappas röst på väldigt, väldigt länge. Sen Roger var fem eller sex år, kanske. Han torkade snabbt den tår som rann utefter kinden och gick och låste upp dörren. Sen satte han sig på en stol innanför den och väntade.

Pappa och ambulanspersonalen kom nästan samtidigt. Ingen av dem pratade mer än några ord med Roger, som satt kvar på stolen och tittade tyst när de bar ut hans mamma på en bår. Ambulansen åkte iväg utan vare sig blåljus eller sirener igång, vilket Roger tyckte var lite synd. Det hade varit häftigt att se och höra.

Pappa klappade sin son på axeln, taffligt och ovant. Han hummade och harklade sig och var för en gångs skull osäker på vad han skulle säga. Vad säger man till en pojke i en mans kropp som just förlorat sin mamma, en pojke som inte ens till fullo hade förmåga att förstå vad döden var? Roger tittade på sin pappa och de tårar som ljudlöst rann ner för hans kinder. Roger förstod tillräckligt och började gråta, han med. Tårarna fick ersätta alla ord, när de satt där bredvid varandra i lägenhetens hall, på varsin vitlaserad köksstol.

Kapitel 36

– Och så vill jag utbringa en hejdundrande skål för allas vår Annika som idag överger oss för att bli pensionär på heltid!

Ett rungande utrop följdes av hurra-rop och klingande kristallglas. I glasen fanns champagne, av den fina sort som Stina bara druckit en gång i sitt liv - när hon och Gunnar vann miljonvinsten på Lotto. Den smakade lika gott idag och det var roligt att få vara en del av Annikas avtackning. Annika var rödögd och puffig om kinderna av både skratt och gråt. Efter så många år fanns det förstås en hel del minnen och anekdoter att förmedla och det gjorde delägarna så gärna, till både glädje och viss genans för Annika. Annikas efterträdare, Lise-Lott, var också med och hon passade väldigt bra in i gänget. Hon och Stina kom bra överens och Lise-Lott hade kommit med förslag på förändringar som Stina inte ens hade tänkt på. Det var lätt att bli hemmablind även som konsult.

– Jahadu Stina, ska du se till att det blir fart på festen nu?

Carl-Ernst klappade henne på axeln och passade på att fylla på hennes champagneglas som inte var tomt ännu. Ett band höll på och sätta sig tillrätta med sina instrument. Självklart att det skulle vara live-musik på en sån här tillställning. Här dög bara det bästa. Kommentaren från Carl-Ernst fick Stina att leende minnas en vårfest på en stor advokatbyrå, som Carl-Ernst jobbade på när Stina började som konsult där.

Sekreterarna hade bestämt sig för att göra ett upp-
trädande på festen men de tyckte att det saknades en
person för att det tänkta numret skulle funka. Så de
kom, hela gänget, in i serverrummet en dag när Stina
som bäst gick igenom checklistan för backupen. De
skruvade på sig och fnissade och gjorde det inte en-
kelt för Stina att förstå vad de menade. Men idén att
mima och dansa till Dolly Partons hitlåt "Nine to
five" kunde Stina inte annat än skratta uppskattande
åt, så hon tackade ja. Beskedet gjorde sekreterar-
gänget nästan lika paffa som juristerna blev när Stina,
för en gångs skull klädd i klänning, omsorgsfullt
sminkad, och med bysten redigt förstärkt av vatten-
ballonger, dansade in på scen tillsammans med de
andra tjejerna. Jublet gick inte av för hackor och höll
i sig riktigt länge. Senare på kvällen dansade delägare
på borden och på småtimmarna sjöng advokater ka-
raoke tillsammans med biträdande jurister. Break-
dance-tävlingen mellan Carl-Ernst och en annan ad-
vokat talades det fortfarande om i juristkretsarna. En
episk fest, helt enkelt.

Huruvida den här festen skulle nå samma höjder
var svårt att säga men omständigheterna såg bra ut.
Stina hade egentligen tänkt åka hem hyfsat tidigt
men efter ett sms till Gunnar som glatt uppmuntrade
henne att stanna kvar, sparkade hon av sig de snygga
men obekväma skorna och bjöd upp en av juristerna
till en virvlande bugg. Hon kunde inte bugga särskilt
bra men det kunde han och de lyckades tillsammans
få det hela att se helt okej ut. Tydligen inspirerade de
flera andra för snart var dansgolvet fullt av de mest

skiftande dansstilar. En sak hade alla stuffande deltagare gemensamt: de hade riktigt roligt.

Klockan var strax efter midnatt när Stina i sällskap med en av sekreterarna gick mot centralstationen. Ingen av dem var särskilt berusad och hade ungefär samtidigt kommit fram till att de därmed skilde sig ganska tydligt från övriga festdeltagare och att det var dags att gå hem. De pratade på och fnissade som gamla väninnor, trots att de egentligen bara hade en professionell bekantskap.

Det var skönt att ha sällskap på pendeltågsstationen, där de ändå inte var ensamma. Perrongen var full av festprissar, företrädesvis unga män i stora grupper. Unga män som stojade, tjoade, drack öl ur burkar och låtsasbråkade med varandra. Även om de inte alls verkade hotfulla, bara fulla, så kändes det tryggt att inte stå där som ensam kvinna.

På långt håll kunde Stina med sin supersyn se pendeltåget närma sig. Då hände det som inte får hända. En grupp av grabbar eskalerade sitt knuffande och gruffande allt närmare perrongkanten och plötsligt föll en av killarna, troligen den som var mest berusad, ner på spåret. Hans kompisar reagerade med högre rop och uppmanade kompisen att skärpa sig, kom upp därifrån, tåget kommer ju, va' fan!

Men killen hade slagit huvudet i spåret, förstod Stina av blodet som sipprade fram. Tåget närmade sig, tyvärr inte i slowmotion som på filmer, utan livshotande fort. Tågföraren hade fått syn på killen och hängde i nödbromsen och signalhornet samtidigt men tusentals ton av metall stannar man inte så lätt.

165

Killen reagerade inte på signalen och hans kompisar stod som paralyserade på perrongen och skrek alla svordomar de kunde allt högre, som om det skulle väcka kompisen till sans. Stina insåg att något måste göras - något extraordinärt.

Stina rusade från den bortre delen av perrongen, där hon och sekreteraren sökt avstånd från grabbgängen. Fortare än någonsin förut sprang hon fram och hoppade ner på spåret i ett språng som borde göra varje trestegshoppare avundsjuk. Hon fick upp killen i famnen och hoppade tillbaka upp på perrongen med honom hängandes som en trasdocka, just som pendeltåget bromsade in bakom hennes rygg. Lätt andfådd, mer av adrenalinpåslaget än av ansträngningen - för den senare existerade inte - la hon försiktigt ner killen på en bänk och bad den person som stod närmast att hämta hjälp. Det behövdes inte, för två väktare hade kommit springande när grabbgänget skrek, och den ena av dem sprang nu och hämtade en sjukvårdsväska. Tack och lov att deras kompetens hade utökats på sistone, från "poliswannabe" till att verkligen hjälpa resenärerna.

Runt omkring dem stod människor och tittade, filmade med sina mobilkameror och pratade upphetsat med varandra. Grabbgänget hade gått från knäpptysta till pladdrande och alla ville dunka Stina på axeln. Axeldunk måste vara unga killars variant av kramar, tänkte Stina medan ännu en kille med öl- och snusstinkande andedräkt uttryckte sin tacksamhet och beundran i brölande stavelser och dunkanden.

– Ööh, fan va' najs tanten, värsta superhjälten ju!

166

En bit bort stod sekreteraren och stirrade storögt på Stina. När Stina lyckades befria sig från sina nya beundrare och uppmärksamheten istället riktades mot den avsvimmade killen, gick hon tillbaka längs perrongen. Hon log ursäktande, men visste inte riktigt vad hon skulle säga till den unga tjejen som inte heller hade formuleringarna helt klara:

– Du... sprang fort. Väldigt fort. Det var bra gjort.

Bra, ja, det kunde man nog säga. Det tyckte även tågföraren som nu hade kommit fram till henne och tackade henne på bruten svenska och med ivriga handskakningar. Hellre det än axeldunkningar, tänkte Stina och vände sig till sekreteraren.

– Ska vi dela en taxi hemåt?

Sekreteraren nickade och så smet de iväg bakom folksamlingen där killen började kvickna till på bänken. Stina funderade på om hon inte borde kunna ta upp taxikostnaden på firman och höll upp tempot när de gick igenom stationen som aldrig sov. Hennes ressällskap skulle till Jakobsberg och taxiföraren rattade vant till adressen som hon uppgav. De sa ingenting till varandra i bilen och Stina var rätt tacksam för det. Hon fick förklara det hela senare. Hur nu det skulle gå till.

Taxiföraren som dragit vinstlotten att få en långkörning med två nästan nyktra tjejer en fredagsnatt, pratade glatt på om sin dotter som snart skulle ta studenten och om sonen som gick ut åttan och kaninen som den yngsta dottern skulle få i födelsedagspresent. Stina nickade artigt och flikade in intresserade läten då och då, vilket verkade vara fullt tillräckligt för chauffören. Själv hade hon fullt upp med att fundera på vad sjutton hon hade gjort egentligen. Och hur många som hade sett det. Och hur de skulle kunna tänkas reagera på det. Hon hade inte funderat klart ens när taxin stannade på gårdsplanen utanför deras lilla hus. Stina betalade den dyra resan plus frikostig dricks till den upprymde föraren. Hon tog kvittot, tackade för skjutsen och klev ur Toyotan. Eldriven var den visst, kul.

Kapitel 37

Gunnar utmanade ödet ännu en gång när han varsamt väckte sin djupt sovande fru. Klockan var trots allt över elva på förmiddagen så helt hopplöst kunde det inte vara att få liv i henne. Han var rätt angelägen om att få visa henne det som dök upp på Facebook när han satt och slösurfade med kaffet och katten som enda sällskap. Det var tur att han inte hade haft kaffe i munnen för det hade kunnat hamna var som helst då.

Stina sträckte ojande på sig när hon så sakteliga vaknade. Eller åtminstone övergick från sovande till mindre sovande. Att vara på fest halva natten var inget som längre hörde till vanligheterna för hennes del, fast det hade det aldrig gjort. Att vara bakis var överreklamerat och att trängas med överförfriskade människor på rökiga krogar, vilket var den bistra verkligheten på den tiden hon försökte vara som alla andra, hade inte fått henne övertygad om festandets skimmer.

Ögonen var inte mycket mer än smala springor men hon såg att hennes äkta man satt på sängkanten, tyst och tålmodig. Det var inte likt honom, han hade sen länge insett att deras olika dygnsrytmer inte var så mycket att göra åt och att det bästa var att bara gilla läget. Han gick upp tidigt och körde sin morgonrutin, hon sov och hade mer av en förmiddagsrutin. Och så möttes de på mitten, liksom.

Men idag satt Gunnar kvar och ville uppenbarligen verkligen att hon skulle vakna. I knät hade han sin bärbara dator, vilket bara det kändes udda. Han log uppmuntrande mot henne men avhöll sig från alltför käcka tillrop. Det var som när ett skyggt murmeldjur tittade upp ur sin håla, man fick vara försiktig så att man inte skrämde det att försvinna ner i underjorden igen.

– Du behöver nog se det här… det är en film från Youtube.

Gunnar vände bildskärmen mot Stina när hon till slut hade hasat sig upp och halvsatt mot dunkuddarna. Han klickade på knappen som startade filmen och lät Stina ta del av det skakiga men fullt sebara klippet. Det var filmat på Stockholms centralstation, på perrongen där pendeltåget enligt informationsskylten skulle avgå mot Bålsta om en minut. Kameran svepte över perrongen och man såg ett gäng med stojiga killar varav en plötsligt ramlade ner på spåret, man hörde skrik och rop, och man såg en kvinnofigur i ljusblå blus, svarta jeans och cowboyboots rusa förbi kameran mycket, mycket snabbt. Så snabbt att kameran inte hann med. Skakigt hoppade filmen till det framrusande pendeltåget som tutade ihållande medan kvinnan som nu befann sig på spåret lyfte upp killen som om han var en docka. Och så hoppade hon upp på perrongen med famnen full av medvetslös ung man med blod droppande från tinningen. Slut på klippet.

– Det är överallt på Facebook och på olika nyhetssajter där läsarna kan skicka in sina bidrag. Flera hundra delningar och tusentals visningar.

Stina kände sig lika blek som hon såg ut. Hon satte händerna för ansiktet och kved sakta.

– Vad har jag gjort…

– Räddat livet på en kille, för det första. Viktigt i sammanhanget.

Stina nickade förnuftigt. Poäng. Livräddning är bra.

– Visat rätt så jättemånga människor att du har… extrema förmågor. Någon skulle kanske kalla det superkrafter.

Gunnar klickade fram en annan flik i webbläsaren och vände åter skärmen mot Stinas förskräckta blick.

– Expressen har faktiskt valt just det ordet.

Artikeln var en halv sida stor och innehöll en stillbild från filmen, en suddig men rätt fartfylld scen - taget mitt i språnget upp på perrongen. Tjusigt. Imponerande. Och, enligt kvällstidningen som var lagd åt det sensationella hållet, bevis på superkrafter. Bilden var inte suddigare än att alla som kände Stina med lätthet borde kunna identifiera henne. I artikeln beskrevs den anonyma kvinnan, som ingen hade kunnat lokalisera efter händelsen, som en modern Spindelmannen. Dök upp, gjorde hjältedåd, försvann. Var detta en människas verk, tro, var det möjligt?

– Jag tror att din tid som anonym superhjälte för husbehov kan vara på upphällningen.

Den godmodiga norrlänningen som Stina gift sig med för snart exakt 10 år sen såg både bekymrad och stolt ut samtidigt. Det var faktiskt hans fru som störtade fram på perrongen och såg till att grabben inte blev till en dödsannons i samma tidning som den avslöjande artikeln fanns. Men det var också hans fru som nu troligen skulle bli rätt eftersökt av media och vem vet vad mer. Det var inte ofta han kände att hon

171

behövde beskyddas, men nu var definitivt ett sådant tillfälle. Han visste bara inte hur det skulle gå till.

Stina visste inte om hon skulle skratta eller gråta. Det hela var ändå nästan bisarrt. Om filmklippet hade visat någon annan göra samma sak, vad skulle hon ha tänkt då? Att det var helt galet och knäppt och trickfilmat kanske. Kunde hon hoppas att tillräckligt många andra människor skulle reagera som hon? Knappast. Inte efter att Gunnar visade henne ytterligare en artikel, denna gång i Metro som hade fått tag i pendeltågsföraren och intervjuat honom. Den medelålders mannen från Bangladesh, med läkarexamen och professur i psykiatri från hemlandet, beskrev i rika ordalag skeendet från sitt perspektiv. Hur kvinnan flög fram - inte sprang - från ingenstans, dök ner framför tåget och flög upp - inte hoppade - med den blodige killen mer eller mindre under ena armen. Och hur kvinnan sen framstod som en alldeles alldaglig kvinna när tågföraren äntligen kunde tränga sig fram till henne genom den enorma folkhopen, och tacka henne för det mirakel hon gjort.

– Nu fattas väl bara att de har hittat…

– …taxiföraren?

Gunnar fyllde i hennes mening och klickade på nästa webbläsarflik. Där stoltserade indiske Gujhi framför sin gråa Toyota, taxibilen som skjutsat superhjälten. Och Gujhi visste exakt vart men han tänkte inte avslöja det för han värnade om sina kunders integritet. Tack och lov för äkta gentlemän, tänkte Stina lättad.

– Kan jag dra täcket över huvudet och stanna här

tills det här har slutat vara av nyhetsvärde?

Det var i princip den enda plan som Stina kunde komma fram till just precis nu. Under Gunnars förevisning hade hon hört mobilen surra flera gånger men hon vågade inte kolla vad den ville meddela.

– Vet du, det är alldeles för sällan som jag fixar frukost på sängen åt dig. Ligg kvar här och blunda en stund så ska jag ordna det. Vad sägs om fil med müsli, kokt ägg, en macka med marmelad och den där vällagrade cheddarosten, lite kaffe och en av dina smarriga nötkakor? Jag tror att jag tar en till mig själv också.

Stina släppte ut all luft som fanns kvar i lungorna och gled ner en bit under täcket. Med endast näsan synlig över kanten på påslakanet med gula stjärnor nickade hon tacksamt och blundade. Mitt i den här soppan var hon i alla fall väldigt glad att hon hade Gunnar, sitt hjärtas superhjälte.

Kapitel 38

Plinget från högtalarsystemet följdes av att varningslampor släcktes och säkerhetsbälten knäpptes upp. Som om en lärare hade lämnat sin skolklass så ökade sorlet i styrka och ackompanjerades av flygvärdinnornas erbjudanden om mat och dryck. Jenny tackade ja till en smörgås med mozzarella och salami och en öl till det. Att flyga till Reno, Nevada, tog tillräckligt lång tid för att motivera något ätbart, men egentligen var hon inte hungrig. Den här resan var annorlunda än hennes tidigare resor, för den här resan skulle hon träffa sin pappa för första gången. Det var i alla fall planen och Jenny tänkte inte avvika från den i första taget. Envisheten hade hon från sin mammas sida, det visste hon. Undrar vad hon hade från sin pappa?

När Duncan reste hem förra året, efter en vistelse som hade blivit förlängd i omgångar, saknade Jenny honom oväntat nog. Det hade varit enklare att bara ogilla honom, låta honom vara en symbol för pappas svek och icke-närvaro. Men si, så blev det inte. Hon skulle visst få reda upp de sakerna direkt med pappa om det skulle bli av.

Jenny halade upp den lilla datorn ur väskan och fällde upp locket. Tack och lov för flygplan med internetanslutning. Hon satte hörlurar i öronen och pluggade in dem i datorns uttag. Sakta klickade hon sig igenom de olika sociala plattformarna där "alla" delade med sig av sina liv. Alltid fanns det någon knäpp nyhet, ny uppfinning eller viralt videoklipp att

174

engagera sig i, med skratt, förundran, häpnad... Världen hade definitivt blivit mer lättillgänglig sedan internet blev en självklarhet i var persons mobila enhet. Idag pratade man till och med om "sakernas internet", att apparaterna själva kommunicerade via internet för att förse mänskligheten med tjänster. Det var inte svårt att hitta anledningar leta fram den så kallade foliehatten, om man var orolig av sig.

Sajten "Veckans videosnackis" innehöll normalt inget som intresserade Jenny någon längre stund. Det var oftast överförfriskade ynglingar som gjorde korkade saker och slog sig rejält. Eller borde ha slagit sig rejält, om de inte varit så lealösa av berusningen. Hon klickade igenom de nyaste klippen samtidigt som hon tog ännu en tugga på sin smörgås. Den krämiga fyllningen uppvägde delvis det torra brödet. Ett klipp fångade hennes uppmärksamhet, utan att hon först kunde sätta fingret på varför. Hon klickade sig tillbaka och startade om videoklippet. Det tog henne bara ett ögonblick att känna igen huvudpersonen och ytterligare några sekunder att bli sittande med häpen min. Fyra gånger tittade hon på klippet och försökte smälta vad hon såg. Här rusade hennes mamma fram i ovanligt snygga kläder och blixtens hastighet, slet åt sig en kille från spåret mitt framför nosen på ett pendeltåg i rörelse, och skuttade upp på perrongen med tåget strykandes hennes ryggtavla. Alltså... vad i helsicke?!

Jenny tittade på klippet några gånger till, utan att något i det förändrades. I menyn bredvid klippet fanns "relaterade länkar" som tog Jenny till artik-

175

larna där hennes mor i olika ordval och av olika personer utmålades som en superhjälte. En än så länge anonym sådan eftersom ingen hade kunnat identifiera henne. Men belöning utlovades för den som kunde sätta ett namn på "Stationshjältinnan".

Mejlprogrammet startade och det nya tomma mejlet som Jenny klickade fram fylldes snabbt med bokstäver. Den allra första person hon kom på att hon ville berätta för, och egentligen helst också prata med, var Jonatan. Hon skickade med länkar till videoklippet och artiklarna. Hade hon hittat det så borde i och för sig han också ha gjort det. En kort stund funderade hon på att mejla till Duncan också men bestämde sig för att vänta. Han hade nyss lärt känna hennes mamma och behövde inte få sin bild av henne drastiskt förändrad redan nu. Jenny påkallade en flygvärdinnas uppmärksamhet och beställde en öl till.

Jonatan läste återigen recensionen av sitt album i den fackförbundstidning för vårdpersonal som Maria fick hem regelbundet. Sammanfattningen löd: "En röststark och tonsäker blivande feelgood-trubadur", vilket Jonatan valde att se som ett bra omdöme. Som ny artist fick man vara glad för vem som än intresserade sig för ens musik, det var inte helt lätt att nå fram i bruset. Det var Marias idé att han skulle skriva ihop ett eget pressmeddelande och skicka till den här typen av tidningar. De hade oftast inte någon stor journalistkår som lätt blasé tvingades sålla i den här typen av material utan de kunde säkert tänkas uppskatta såna här nedslag i folkligheten. Jonatan hade protesterat för han ville inte framhäva sig

176

själv utan helst, i sann konstnärlig anda, låta musiken tala för honom. Maria påpekade krasst att hans musik var en vara som alla andra, som måste konkurrera om köparnas pengar. Så ville han ha minsta möjlighet att leva på artisteriet så fick han snällt marknadsföra sig.

Han kunde nog betraktas som lokalkändis efter den första, i hans minne fortfarande magiska, spelningen som dessutom hade följts av fler. Det gav pengar till guldkant på tillvaron men han kunde inte leva på det. Allra minst som han och hans nyblivna fästmö hade två barn att försörja. Verkligheten först, drömmarna sen.

En etta i hörnet av mobilens e-postikon signalerade att han hade ett nytt mejl. Det var från Jenny. Han tittade med stigande förvåning på länkens video-klipp i mobiltelefonen och sträckte sig snart efter den bärbara datorn. Det här ville han se i större format. Sen visade han klippet för Maria och så läste de artiklarna tillsammans. Deras reaktion var samstämmig: Alltså... vad i helsicke?!

Kapitel 39

– Ja, kom då Tjabo! Skynda dig! Duuuktig kille! Knattis klappade upprepat och entusiastiskt med båda händerna på låren, när den lurviga unghunden kom galopperande med tungan hängande som en ostyrig slips. Han tycktes älska att leta efter och hämta saker och lämnade stolt ifrån sig sina fynd framför fötterna på husse och matte. Sen satt han ivrigt svansviftande och lätt tasstrampande och väntade på att någon av de tvåbenta gick iväg med hans skatt på nytt. När kommandot gavs kastade han sig lyckligt iväg och letade igen. Gång på gång på gång, outtröttligt. Som vanligt avslutades leken långt innan Tjabo var klar med den, och han fick finna sig i att kopplas och gå städat på motionsspåret som ledde hemåt.

Tony såg artikeln efter att han nästan hade bläddrat förbi den. Bilden visade en stolt och brett leende indisk taxiförare och rubriken lydde: "Vem är Stationshjältinnan?" Det som fick Tony att stanna upp i bläddrandet var den mindre, något suddiga, bilden av en kvinna som han kände igen. Han läste igenom artikeln och sköt sen tidningen över bordet, till Knattis.

– Du vill nog läsa det här, sa han och lutade sig tillbaka i väntan på hennes reaktion. Den dröjde inte lång stund.

– Alltså… vad i helsicke?!

Knattis reste sig och fick leta en stund efter sin mobiltelefon som låg kvar i ytterjackans innerficka efter promenaden. Inga missade samtal för en gångs skull. Istället ringde hon. Till "Stationshjältinnan".

– Hej, det är Stina!

I samma ögonblick som Stina svarade höll hon på att tappa telefonen av den fullkomliga orkan av tankar som hon översköljdes av från sin lillasyster. Eller fragment av tankar snarare, blandade med känslor, upphackade som om de alla hade hamnat i en mixer.

– Alltså... vad i helsicke?!

Knattis kunde normalt uttrycka sig både elegantare och med fler ord men just nu var detta allt hon fick ur sig. När Stina fått grepp om telefonen igen försökte hon först att spela ovetande och sa i neutral ton:

– Vad menar du?

Ljudet av en inandning som borde räcka till ett fridyk på havsdjup föregick Knattis försök att samlat återge det hon nyss hade läst. Stina som nu hade lyckats sortera systerns tankar visste redan vad det var fråga om och sökte efter de rätta orden för att förklara det hela kortfattat. Det gick inte så bra. Hennes förklaring blev pladdrig, kronologiskt tillrörd och nästan helt obegriplig. Till slut var Knattis helt säker på att antingen hade hennes syster fantastisk fantasi, eller så hade hon superkrafter. Det ena behövde inte utesluta det andra, men hon bestämde sig för att bortse från fantasiteorin så länge. "Stationshjältinnans" riktiga namn verkade vara "Super-Stina".

Medan systrarna pratade vidare, mer eller mindre osammanhängande, pep det till i örat på Stina. Hennes mobil ville göra henne uppmärksam på att hon hade ett nytt sms. Stina tog tillfället i akt att avsluta samtalet för hon var helt trött i huvudet av Knattis tanke- och känslostorm. Just den superkraften valde hon att inte delge Knattis, för det kändes som att Knattis hade fullt upp ändå för närvarande. De avslutade samtalet med artiga hälsningar till deras respektive.

Sms:et var från Frederiq. Det var kort och kärnfullt:

Alltså... vad i helsicke?! //F

Hon orkade inte ringa honom nu, inte prata med någon igen och framförallt inte lyssna på ännu fler av andras tankar. Istället fick det bli ett kort svarsmeddelande:

Jag kommer förbi i morrn och förklarar. Snälla, prata inte med någon annan om det innan dess. //S

Svaret kom direkt och var nu ännu kortare:

OK. //F

Stina kände sig helt utpumpad och tittade vädjande på sin man, som om han hade svaret på vad hon skulle ta sig till. Gunnars medlidsamma blick och den hand han sträckte över bordet för att ta hålla hennes, avslöjade att han inte visste det. Det var förmodligen tveksamt om någon, som inte hörde hemma i en tecknad tidning, visste vad man borde göra när man var på väg att komma ut som superhjälte.

Kapitel 40

Det tog inte lång tid för Upsala Nya Tidnings reporter att koppla ihop sin egen artikel om "superhjälten" vid bilolyckan på väg 55, med kvällstidningarnas "Stationshjältinnan". Reportern levde upp i sin jakt på ledtrådar och sammanhang, det var det här han hade sett framför sig när han gick ut journalisthögskolan för en herrans massa år sen. Inte att skriva artiklar om hembygdsföreningens årsmöte, kundvagnskaoset utanför Coop och bävrar som byggde fördämningar i Fyris-ån.

Han hade en kontakt på polisen som efter stor tvekan och under mycket vånda till slut gav honom delar av ett registreringsnummer tillhörandes den motorcykel som "superhjälten" hade försvunnit iväg på efter sin insats vid kollisionen mellan Porschen och lastbilen. SL hänvisade honom till den entreprenör som hade hand om pendeltågstrafiken och fem telefonkopplingar senare hade han ett namn på pendeltågsföraren som både hade sett och pratat med "Stationshjältinnan". Taxiföraren var lättare att lokalisera och ställde gärna upp på en telefonintervju men var tveksam till att lämna ut uppgifter om sin kund. Han gillade och behövde sitt jobb och ville gärna behålla det. Reportern hade snart material till en i hans tycke riktigt spännande uppföljningsartikel. Att få redaktören att smälla upp den på en helsida var inga problem och nog skulle det vara värt åtminstone en blänkare på förstasidan också? Artikeln avslutades med en uppmaning till folk som kände

igen "superhjältinnan" att höra av sig till redakt-
ionen. Belöning utlovades! Reportern var så nöjd att
han började fundera på att uppdatera cv:n och slänga
iväg några förfrågningar till de stora tidningarna. Det
här kunde vara hans stora chans, hans väg till det rik-
tiga journalistskapet. Med händerna knäppta bakom
nacken lutade han sig så långt bakåt som den svik-
tande stolen tillät och drömde sig bort till ett liv som
utlandskorrespondent.

Heikki hade inte sett Stina sen han slutade på
ItWorks för länge sen och nu dök hennes bild upp i
lokaltidningen, av alla ställen. Han hade alldeles för
mycket tid att läsa den och alla andra tidningar han
fick tag i gratis. Just den här tidningen hade han
plockat ur grannens brevlåda eftersom grannen up-
penbarligen inte var hemma. Ekonomin var inte så
stadig numera. Ärligt talat kunde han inte känna an-
nat än bitterhet mot sin förra arbetsgivare, spelföre-
taget som rekryterade honom som säkerhetstekniker
från ItWorks. Alla dessa krav… Man skulle komma
i tid och man skulle prestera och man skulle tänka
kostnadseffektivt. Sen tyckte de att han skulle jobba
med support till företagets kunder också. Då var han
tillbaka i samma trista elände som på ItWorks. Nu-
mera närmast avskydde han kunder och datoranvän-
dare. Maken till korkade frågor folk kunde få ur sig,
det gick bara inte att svara trevligt till slut. När che-
fen höll sitt dravliga tal, om att företaget levde på
sina kunder och inte kunde existera utan att de valde
att spendera sina pengar på just det här företaget, så
kunde Heikki inte låta bli att gäspa. Och sen fick han

sparken. Dessutom riktigt usla referenser, förstod han när han sökte nästa jobb, och nästa jobb, och nästa jobb... A-kassan var bättre än inga pengar alls men inte i närheten av den standard han hade vant sig vid som anställd.

Superhjälte, vilket skämt! Det var väl inget super med Stina, som han mindes. Men tidningens löfte om belöning talade till honom och det var inget problem att få tala med reportern när han ringde redaktionen. Tvärtom ville han väldigt gärna träffa Heikki, ju förr desto bättre. Heikki kunde hitta en lucka i sin helt blanka kalender redan på eftermiddagen faktiskt, vad tyckte reportern om att bjuda honom på middag under tiden de pratade? Jo då minsann, det var naturligtvis inga problem när det var fråga om en så säker källa. Kunde restaurang Bistro vara okej? Heikki tackade ja till inbjudan till sta'ns finaste ställe och gick sen raka vägen till duschen. Det var ett bra tag sen han besökte den.

Telefonsamtalet från reportern på Upsala Nya Tidning fick Stina att inse att livet inte skulle bli detsamma på ett tag. Till att börja med skulle sisådär 40.000 läsare få lära känna henne som "Super-Stina". Ville Stina ställa upp på en intervju och ge sin bild av saken? Stina bad att få tänka på det erbjudandet. Reportern hälsade att hans avslöjande artikel skulle publiceras i morgon i vilket fall som helst. Så hon kunde ju fundera vidare och se vad som hände efter att den publicerats. Det förtäckta hotet i kombinat-

183

ion med reporterns totala ovilja att "avslöja sina källor", det vill säga berätta vem som gett honom alla detaljer om henne inklusive adress, telefonnummer och personnummer, fick henne att bestämma sig. Hon satte sig vid datorn och skrev ett långt mejl till lokalredaktionen på TV4.

Kapitel 41

– Nu säger vi välkommen till en kvinna som inte är som alla andra. Med oss i tv-soffan har vi nämligen "Super-Stina"!

Stina hoppades att hennes rodnad inte syntes under den tjocka mängd smink hennes ansikte hade försetts med. Hon gick de få stegen fram till soffan och tog plats mittemot den vänligt leende Malou von Siwers. Studiopubliken applåderade ivrigt, för att plötsligt sluta när en kameraman gjorde tecken. På det vita bordet stod ett glas vatten som Stina å ena sidan gärna hade tagit en klunk ur, men å andra sidan var rädd att hennes svettiga händer skulle tappa direkt på den nougatbruna ryamattan. Både glas och matta var säkert jättedyra.

– Stina, vi har ju sett dig i tidningarna och fått veta att du har räddat liv. Flera stycken faktiskt. Kan du berätta om den där kvällen när du körde hem på din motorcykel?

De hade repeterat allting flera gånger och Stina försökte att låta helt naturlig när hon sa sina repliker. Det gick även denna gång ett sus genom publiken när hon berättade om lastbilsföraren som hon bar iväg med och Porschedörren som hon slet bort. Malou log, nickade och sköt in små stödord då och då.

– Sen befann du dig på centralstationen i Stockholm i alldeles rättan tid. Berätta om den kvällen!

Stina tyckte att hennes egen berättelse lät helt platt jämfört med tidningarnas beskrivningar, där superlativen hade haglat genom texten. Men publiken viskade "ooh" och "aah" och Malou såg imponerad ut.

– Du är uppenbarligen inte bara stark och snabb utan även väldigt modig. Var kommer dina superkrafter ifrån?

– Det är verkligen underligt, Malou, det började efter en mc-olycka.

Malou såg precis så fascinerad ut som de hade repeterat och Stina fick nu berätta om olyckan som hade placerat henne på sjukhus en vecka.

– Vad ska du göra nu, när du har kommit ut som superhjälte? Det finns förstås många som kan ha nytta och glädje av dina fantastiska förmågor!

Stinas skratt skulle låta glättigt var det tänkt men hon kunde inte få till det riktigt. För vad sjutton skulle hon egentligen göra nu?

– Vi får väl se vad som händer framöver, svarade hon helt enligt manus och chansade trots allt på en klunk ur vattenglaset. Det gick bra, varken bord, matta eller glas kom till skada. Stina torkade diskret bort den vattendroppe som försökte rymma från hennes mungipa.

– Vi har faktiskt en liten överraskning åt dig, sa Malou, också manustroget. När Carlos stegade in från scenens kant var han väldigt olik den kille Stina sett för sitt inre så många gånger. Då rann det blod från hans huvud och hans jeansskjorta var solkig av smutsen från spåret och slipersen han hade legat på. Idag hade han svart kostym, vattenkammat hår och en andedräkt som inte längre luktade öl och snus. Stina reste sig från soffan och besvarade den hjärtliga kram som Carlos gav henne innan han satte sig ner mellan henne och Malou.

– Carlos, din festkväll höll på att sluta i tragedi. Hur känns det nu att sitta här bredvid sin räddare?

Han log brett med kemiskt blekta tänder och pratade planenligt på, om hur lyckligt lottad och tacksam han var. Hans arm om Stinas axlar var inte regisserad men alla i soffan höll masken. Carlos verkade trivas bättre i rampljuset än vad Stina gjorde.

Intervjun avslutades och reklamen klipptes in. Nu var det gjort. Nu var hon "Super-Stina" med hela svenska folket. Åtminstone de som tittade på TV4 och "Morgonsoffan". Det var visst närmare en miljon människor, enligt producenten som kom störtande med tittarsiffrorna strax efter sändningens slut. Av mobiltelefonens display att döma hade många av dem redan luskat reda på Stinas mobilnummer och använde det till att både skicka sms och ringa. Svaren skulle de dock få vänta på, kände den utmattade superhjältinnan.

Gunnar tog emot henne i omklädningsrummet bakom scenen med en kram som Stina önskade aldrig skulle ta slut. Hon skulle helst stå i Gunnars famn tills all uppståndelse var över och allt blev som vanligt igen. Fast så länge fanns nog inte.

Gunnar sköt henne till slut ifrån sig och höll i hennes överarmar medan tittade på henne.

– Vi drar härifrån nu, sa Gunnar, som om det var han som var tankeläsare.

De visades till en bakdörr av en sminköspraktikant som stod i korridoren och såg vilsen ut. Gunnar sprang iväg och hämtade bilen så att Stina kunde hoppa in i framsätet utan att upptäckas av någon.

Ingen hetsig paparazzi rusade fram och slet i bildörren och ingen hord av skrikande fans omringade bilen. Puh. Kanske skulle den här uppståndelsen försvinna av sig själv snart nog.

Kapitel 42

Märkligt nog snurrade jorden på som vanligt och vardagen gjorde inget avbrott, trots allt som hade hänt på sistone. Stina togs emot på Folkbilderiet med applåder och en serie nyfikna frågor, men ganska snart verkade alla inse att det var exakt samma människa som stod framför dem och lät precis som hon brukade. Av Stinas cirkeldeltagare hade hälften sett tv-programmet och ville ha en autograf. Stina tog tillfället i akt och berättade för sin seniora internetgrupp vad en selfie var och så passade man på att praktisera det. Den andra hälften gjorde som svenskar gör: de nickade artigt och satt stilla i väntan på att allt skulle återgå till det vanliga. Så det såg Stina till att det gjorde för åtminstone den gruppen, genom att dra igång sin föreläsning om hur man kommer igång med e-böcker. Kanske hade hon själv snart nog med material för att skriva en häftig historia om en superhjälte? Nä, det fick nog bero. Var sak har sin tid.

Om svenskarna i hennes egen grupp var delvis blasé inför sin superhjälte-ledare så var den grupp av syriska asylsökande som Nadir och Stina senare stod inför ännu mer ovetande om Stinas tänkbara stjärnstatus. Hade någon av dem faktiskt sett tv-programmet så var det få som ännu kunde tillräckligt mycket svenska för att hänga med i detaljerna. Stina tyckte att det kändes oerhört befriande. Idag var hon dessutom Nadirs assistent och bara på plats för att bistå med det praktiska och försöka snappa upp några arabiska ord.

Nadir visade sig vara en naturbegåvning som cirkelledare. Han var helt avslappnad framför sina landsmän och mycket noga med att prata svenska i alla lägen. Bara när tre alternativa svenska förklaringar, två fantasifulla whiteboard-ritningar, och en charadliknande uppvisning inte räckte tog han till arabiska. Gruppen var ivrig och intresserad och många frågor blev det. Idag skulle de bekanta sig med datorerna, vilket även för de som hade viss datorvana sen tidigare var något av en utmaning. Arabisk text går från höger till vänster, även i datorer. Dagens glosor blev några typiska datortermer, som Stina fick äran att skriva upp på whiteboardtavlan samt ivrigt anteckna den arabiska versionen av för eget bruk. Listan av ord kunde ha blivit hur lång som helst, insåg alla inblandade efter cirkelns totalt två timmar och femton minuter, tid som bara flög iväg. Att nästa gång få bekanta sig med sajter som Försäkringskassan och Arbetsförmedlingen verkade alla se fram emot, även om Stina var osäker på om hennes förklaring av "vård av barn" verkligen hade gjort någon klokare.

Det lilla andrum som timmarna inne på Folkbilderiet hade inneburit, förbyttes i krass verklighet när Stina kom ut på torget. Idag höll kommunen nämligen ett stort "prova-på-udda-idrotter"-evenemang och det kryllade av ungdomar. Ungdomar som tydligen tittade väldigt mycket på "Veckans videoklipp" och Youtube, där filmen med hennes insats låg på tio-i-topp-listan. Dessa ungdomar visade sig vara helt oblyga inför möjligheten att prata med "Super-Stina".

– Hur stark är du?

– Kan du lyfta mig, snälla!

– Vet du, min brorsa är skitsnabb, jag slår vad om att du inte är snabbare än han!

– Kom, kom, bryt arm med Mange, ingen slår honom!

Så kom det sig att Stina stod vid ett armbrytarbord för första gången i sitt liv. Omringad av ett hundratal tonåringar som upphetsat skanderade ramsor som komponerats i all hast. Både kreativa och fantasifulla ramsor, kunde Stina konstatera medan hon fick en genomgång av reglerna. På andra sidan bordet stod en enorm man - säkert 2 meter lång, 1 meter bred och muskulös på det där sättet som bara de blir som styrketränar på rätt sätt. Han såg trots allt väldigt snäll ut och Stina försökte komma på varför hon kände igen honom.

Hennes hand nästan försvann i Manges hand och hon letade efter det där greppet som var det bästa enligt domaren och tillika instruktören. Tummen på ett visst ställe och fingrarna lite krökta och handleden rak. Axlarna parallellt med... bordet? Motståndaren? Fötterna? Alltihop? Startförfarandet beskrevs, Manges hand spändes runt hennes, domaren ropade och pang! Så låg hennes handrygg på den lilla skumgummiklossen. 1-0 till Mange, som såg nöjd ut. Ville hon prova vänstern istället? Ja, varför inte, nu fattade hon i alla fall vad hon skulle göra och att hon var tvungen att göra det blixtrande snabbt.

191

Efter den första matchen flinade flera av ungdomarna. Det var nog inte så mycket bevänt med den där tantens superhjälte-krafter egentligen och nu skulle dessa killar bli de som kunde avslöja sanningen för både Snapchat-polare och Facebook-läsare. Inför match nummer två var ännu fler mobilkameror beredda på att dokumentera och bli först att ladda upp sanningen om Super-Stina på videosajterna.

Stina tittade upp för att kunna se Mange i ögonen. Han log och såg fortfarande snäll ut. Men i ögonen kunde tävlingsinstinkten anas, även om han nog inte tänkte sig behöva den i nästa match heller. Greppet, fötterna, kroppen, tummen, fingrarna - och koncentration. Stina slöt ögonen och lyssnade på domarens startkommando:

– Fääärdiga… Gå!

Hon slet vänsterarmen mot sig, neråt, hårt, snabbt. Det tog tvärstopp och hon öppnade ögonen igen. Nu var det Manges handrygg som hade mött skumgummit och jublet runt omkring de två kombattanterna steg till ett vrål som fick a-lagarna på parkbänken vid fontänen att hoppa högt. Manges ögon var uppspärrade av både förvåning och besvikelse. Stina kunde inte hindra sitt leende att bli allt bredare, när ynglingarna som stod närmast ylande dunkade henne på både rygg och axlar.

– Vi tar högern igen, sa Mange sammanbitet.

Stina ryckte på axlarna. Själv var hon hur nöjd som helst med sin lilla triumf och hade kunnat sluta där. De ställde upp sig på nytt, trevade efter greppen och nu kände Stina en tydlig skillnad i Manges hand. Han var spänd och i blicken syntes koncentration. Den här bjässen ville inte förlora igen. I synnerhet inte mot en medelålders kvinna som var nästan en halvmeter kortare och smalare än han själv. Och definitivt inte inför ögon och kameror som tillhörde några av hans största fans. Domaren petade på deras axlar och handleder tills han var nöjd och sa igen:

– Fääärdiga… Gå!

Det tog inte längre tid denna match, innan Manges högra handrygg befann sig i förlorarläget. Bara tiondelar av en sekund passerade och filmen skulle komma att spelas upp i slowmotion på åtskilliga datorer, surfplattor och mobiltelefoner de närmaste dagarna. Jublet från publiken var minst lika högt denna gång medan Mange skakade sakta på huvudet och masserade underarmen. Stina sträckte fram sin högerhand och väntade de sekunder det tog för världens starkaste man att svälja stoltheten och sträcka fram sin hand. Hon hade kommit på vem denne Mange var nu, och stolt tackade hon Magnus Samuelsson för god match. Innan hon med högt huvud och spänstiga steg gick iväg mot parkeringsgaraget vinkade hon till hopen av hoppande ungdomar som nu taktfast ropade:

– Super-Stina, starkast i sta'n! Super-Stina, snabbast hela da'n! Super-Stina, cool som fan!

Kapitel 43

Förmågan att kunna läsa tankar via telefon kom väl till pass när Stina började besvara samtalen från alla som ville komma i kontakt med Super-Stina. Det gick liksom så mycket snabbare att skilja folk från få, när deras tankar avslöjade deras egentliga agenda. Stina kunde sakligt konstatera att andras fantasi för vad hennes krafter skulle kunna användas till var det verkligen inga fel på. Öppna kassaskåp, lyfta upp BMW:ar på lastbilsflak, bära guldtackor från riksbanken, springa ifrån väktare och poliser, springa förbi övervakningskameror och flytta roulettkulor från en siffra till en annan... Frågeställarna skulle möjligen ha beröm för sin fräckhet och framåtanda, men Stina valde istället att samla på sig deras telefonnummer för att sen skicka dem till polisen. Någonting kunde de säkert användas till där.

Men det fanns hederliga förslag också. Delta i styrketävlingar, röja i lager och förråd, jobba på byggen för att komplettera mobilkranar... Stina kunde inte låta bli att fnissa över hur hennes kranförande dotter skulle uppskatta den konkurrensen. Trots allt var det inget som Stina tackade ja till. Så gott som allt handlade ändå om att någon annan ville tjäna pengar på hennes krafter. Även om hon ännu inte hade hittat hederskoden för hur superhjältar skulle bete sig så kändes det inte rätt att göra affärer av förmågorna. Inte behövde hon pengarna heller. Så vad skulle hon göra?

Gunnar och Stina satt nersjunkna i tv-soffan och tittade smått frånvarande på tv-nyheterna. Bilderna från jordbävningen i Pakistan var tyvärr sorgligt lika många andra bilder som återkom med tragisk regelbundenhet. Men den här gången satte sig Stina käpprakt upp i soffan och skrämde både sovande katt och filosoferande äkta man.

– Nu vet jag!

Katten August somnade om men Gunnar tittade närmast yrvaket på henne. Han behövde inte fråga vad hon visste eftersom hon i rasande tempo fortsatte:

– Jag ska hjälpa till vid naturkatastrofer! Jag skaffar mig en helikopter - det har vi väl råd med? Och lär mig flyga, hur svårt kan det vara? Och så flyger jag dit det hänt något sånt här och hjälper till att röja!

Ordströmmen illustrerades av gester och av ett intensivt men sittande hoppande i soffan, rörelser som till slut fick August att gå iväg för att hitta en annan sovplats. Gunnar satt kvar och letade efter ord och en lucka i Stinas ordflöde att skjuta in dem i. Luckan kom först när Stina till slut tystnade och övergick till att titta ivrigt på Gunnar, uppenbart i väntan på hans respons.

– Om vi bortser från helikopterdelen så tycker jag att det är en lysande idé. Under förutsättning att du gör det i samarbete med organisationer som kan det där med katastrofarbete. Och att jag alltid, alltid, alltid följer med dig.

Hade man mätt Stinas puls nu så hade man märkt att Gunnars lugna uttalande sänkte hennes hjärtslagsfrekvens med sisådär femton slag på en gång.

Hon flyttade sig närmare honom för att kunna luta sig mot hans axel med hans arm omkring sig.

–Jag byter helikoptern mot dig, alltså? Det låter bra. Så får det bli.

Som så många gånger förut, när Stina bestämt sig för något, så satte hon igång direkt. Hon startade en av sina bärbara datorer - det fanns strategiskt nog en i varje rum för man visste aldrig när man behövde en - och satte igång och googlade efter organisationer som var på plats vid jordbävningar, orkaner och laviner. Det fanns många organisationer, visade det sig, men också gott om naturkatastrofer. Många fler än både Stina och Gunnar hade förstått. De kände sig som curlade barn där de satt och försökte smälta statistiken. Den överväldigande känslan av maktlöshet övergick snart i beslutsamhet. Äntligen skulle Super-Stina få komma till sin rätt!

Gunnar funderade något längre innan han fattade sitt eget beslut, inte lika omvälvande som Stinas men stort för honom. Mejlet till chefen tog en stund att skriva, dels för att han var noga med formuleringarna men mest för att han tänkte igenom beslutet åtskilliga gånger. Till slut drog han ett djupt andetag och klickade på knappen som skickade iväg hans avskedsansökan. Den resulterade inte ens i en skakning i sajberrymden men motsvarade ett fallskärmshopp i Gunnars värld. En mycket höjdrädd mans värld, dessutom.

Kapitel 44

Jenny var inte rädd för höjder. När hon var liten hade hon tillbringat många timmar i träd och på tak. Hennes mamma hade inte uppskattat det, åtminstone inte de gånger som en förargad fastighetsägare eller jägmästare ringde för att tala om var hennes dotter minsann satt den här gången. Det var de vidsträckta vidderna i kombination med att få vara helt ensam som lockade Jenny. Hon hade valt ett yrke som lät henne uppleva det dagligen och numera, i flygplanen på hennes resor, valde hon alltid fönsterplats för att få återuppleva den känslan.

Vid landning närmade sig marken snabbt och vidderna försvann i samma takt. Luften utanför dallrade av värmen. Det skulle enligt mobilens väder-app vara ca 32 grader i Reno idag. Hon var tacksam för att hon hade lärt sig vikten av att i förväg kolla upp förhållandena i landet hon reste till, så att hennes tunna klädsel nu passade bättre än den hade gjort på Arlanda.

Hon hade också kollat upp var hennes pappas hem låg någonstans. Duncan hade så mycket information om honom att hon nästan blev avundsjuk. Varför dög han som barn att hålla kontakt med men inte hon? Det var en av de frågor hon hade på sin lista att ställa honom, när de väl träffades. Och träffas, det skulle de, så det så. Hon tänkte köra gerillametoder: inte höra av sig i förväg, inte kolla upp hans nuvarande familjesituation, inte fråga snällt - bara ta sig dit och konfrontera honom.

Men först skulle hon agera så turistigt att det näs-tan kändes töntigt. Hon hade bokat rum på ett hotell i Las Vegas och hon skulle gå på casino. Checka av hela myten. En taxichaufför hälsade henne glatt "welcome to Reno" och slängde in hennes minimala packning i bakluckan på den breda Chryslern. Ben-sinförbrukning var inte ett argument värt namnet på den här kontinenten. Jenny tackade, hoppade in i baksätet och tillbringade resan till hotellet storögt stirrande på de överdådiga byggnaderna, neonljusen och mängden människor. Allting var mycket mer, flera gånger större och klart blingigare än hon hade kunnat föreställa sig.

Blingigheten minskade inte inne på casinot, tvär-tom. Trots att ett otal filmskapare genom åren inte sparat en sekund på krafterna att beskriva det här så lyckades verkligheten ändå överträffa dikten. Det var både galet och barnsligt roande samtidigt. Jenny köpte några spelmarker och gick genom casinots lo-kaler så länge att hon började bli orolig för att inte hitta tillbaka till sitt rum igen. Var skulle hon börja? Det var inte många spel som hon kände sig bekant med. Roulett, det verkade ganska enkelt ändå. Man satsade på en specifik siffra och så skulle den siffran komma fram på ett hjul. Med rätt färg. I stora drag. Jenny stod en stund och tittade på de spelande utan att bli särdeles mycket klokare och gick till slut vi-dare. Folk tjoade till höger och vänster, det plingade och plongade, surrade och rasslade. Enarmade ban-diter då, det verkade enkelt. Stoppa i ett mynt, dra i en spak, vänta och se om maskinen spottade ut mynt. Jenny genomförde processen tre gånger utan att mynt spottades ut och utan att hon kände sig värst road. Kortspel, kanske? Den avdelningen var lugnare, folk skrek inte så mycket när de spelade kort. Skönt. Black jack, det kände hon igen, det var väl detsamma som 21? Vid ett av spelborden blev en plats ledig och Jenny satte sig tveksamt framför det gröna bordet. Croupieren log, inte ovänligt men inte överdrivet välkomnande heller. Professionellt snarare. När de andra spelarna la ett antal marker i en ritad ruta på bordet gjorde Jenny likadant och så följde hon andlöst kortens utdelning. Det var hyfsat nära flera gånger men efter femte försöket tröttnade hon. Hon skakade på huvudet när croupieren frågande pekade på rutan för insatsen, och reste sig för att vandra vidare i speldjungeln. Jenny kunde inte låta bli att lägga märke till det broderade namnet på croupierens väst: "Gisela". Ett ovanligt namn i den här delen av världen.

Det tog inte Jenny så lång stund att förlora resten av sina marker och konstatera att hon inte hade hittat ett nytt intresse. Säkert fanns här mönster och förutsägbarhet, men Jenny såg det inte och saknade det. Från sin "bucket list" - listan över saker hon skulle göra i livet - kunde hon nu stryka ytterligare en punkt. I morgon skulle hon ta itu med nästa.

Gisela tittade fundersamt efter den unga tjejen som lämnade hennes spelbord. Tjejen var uppenbart av nordiskt ursprung men det var många av turisterna. Det var något med henne som Gisela kände igen. Utseendet. Tjejen var väldigt lik någon hon

hade känt i sitt förra liv. Livet innan hon satt i fäng-
else. Livet innan hon förskingrade miljoner från sin
arbetsgivares kund. Livet på ItWorks. Gisela bet
ihop käkarna och drog hastigt in luft genom näsan
när pusslet föll på plats. Det där var Stinas dotter,
det blev hon plötsligt helt säker på. Stina, kollegan
som hade avslöjat henne.

Hennes tankar avbröts av en otålig röst från en
svartmuskig man klädd i lila kostym, som pustande
hade tagit sig upp på stolen Jenny just lämnat.

– Excuse me, miss, we would like to play here!
Gisela ryckte till, klistrade tillbaka sitt proffsiga le-
ende och höll för minst hundrade gången denna dag
ut handen mot filtbordets markeringar.

Nästa dag kunde Jenny konstatera att om casinot
var överdådigt så var hotellfrukosten inte långt efter.
Där fanns rätter som Jenny inte i sin vildaste fantasi
kunde anse hörde till frukostkategorin. Det var tvek-
samt om de kunde betraktas som mat överhuvudta-
get. Vem åt sånt som torkade gräshoppor, marine-
rade maskar och inlagd bläckfisk? Hon tryckte ut en
sträng Kalles kaviar på det kokta ägget och bredde
ett tjockt lager leverpastej på knäckebrödet. Se där,
lite sill också. Kalvsyltan såg fin ut men fick stå till-
baka för det stekta baconet. Man måste även prova
inhemsk mat. Det här smakade definitivt bättre än
rutten haj.

Receptionisten skakade på huvudet när Jenny frå-
gade hur långt det var att gå till adressen som hon
hade uppskriven på en vältummad lapp. Här gick

man inte, fick hon förklarat för sig, här körde man bil. Alltid, överallt, var man än skulle. Ville hon kanske hyra en bil?

Med ivriga steg gick Jenny mot parkeringsgaraget. I handen hade hon nyckeln till den röda Ford Mustang som hon med en liten ilning hade valt i hotellets eleganta katalog över tillgängliga bilar. Att köra en sådan bil stod också på hennes "bucket list" och med ett helt dygn av tillgång till bilen förbetald skulle hon se till att få ut det mesta av den möjligheten.

Bilens lampor blinkade till och dörrlåsen gav ett kort väsande ifrån sig när Jenny tryckte på larmdosans knapp med hänglåssymbol. Hon gick sakta runt bilen som såg muskulös ut, med sina välvda skärmar och låga tak. Försiktigt strök hon över den glittrande lacken, la handen på de breda däcken, speglade sig i frontens krom. Hon var så inne i sin oförställda beundran av bilen att hon inte hörde de snabba stegen bakom sig. Men knuffen i ryggen kände hon och direkt efter det smärtan i höften när den dunsade in i bilens framskärm.

Jenny snodde förvånad runt och väntade sig att möta en ursäkt. Knytnäven som istället for mot hennes ansikte kunde hon bara delvis ducka från och det sved till på kinden. Den gälla rösten från kvinnan framför henne sved i öronen:

– Du får ta din mammas straff!

Och så kom nästa knytnäve farandes. Jenny undvek den genom att ta ett halvt steg åt sidan och försökte fatta vad det var frågan om. Varför stod den här smala kvinnan i kjol, blus, väst och högklackade skor och vevade mot henne med knutna händer vars naglar var dekorerade med rosa nagellack? Snacka om att slåss som en tjej. Patetiskt. Dessutom skrek hon samtidigt. Orden kunde Jenny inte riktigt urskilja men kvinnan skrek tillräckligt högt för att vakterna skulle bli intresserade och komma småspringande genom garaget. Med dem i ögonvrån höjde Jenny sin knutna högerhand och placerade den pricksäkert på kvinnans haka. Kvinnan vinglade till och fick ur sig ett gutturalt läte. Jenny lät sin vänsterhand göra om samma sak som högern fast nu med sikte på mitten av ansiktet. Lagom när de två vakterna kom fram segnade kvinnan ner med handen tryckt mot sin blödande näsa. Tårarna drog med sig den dyra men tyvärr inte vattenfasta mascaran och skriken övergick i snyftningar. Det var inte lätt att höra vad hon sa men nu kände Jenny igen henne. Det var croupieren från Blackjack-bordet kvällen innan!

– Din mamma…

– Du, där fick du för min mamma. Vem är du egentligen och varför slår du mig?

Jenny skakade av adrenalin och ilska. Vakterna log lite när de drog upp Gisela på fötter. De begrep inte vad kvinnorna pratade om men det var ingen tvekan om vem som var vinnaren i den här bataljen.

– Din mamma förstörde mitt liv.

Gisela hängde med huvudet och såg hur näsblodet fläckade västen. Hon skulle säkert få avdrag på nästa lön för kemtvätt av arbetskläderna. Förbaskat, hon behövde varenda dollar. Det gick trögt med spelet och skulderna hade börjat växa. Igen.

– Min mamma har gjort många saker i sitt liv men

inte fasen har hon förstört ditt liv, det köper jag inte. Och i vilket fall som helst så kan du ju inte fara runt och slå andra människor för det, fattar du väl?

En av vakterna försåg Gisela med handbojor, vilket hon hatade. Det var andra gången i hennes liv det hände, och inte heller denna gång kunde hon begripa hur det hade blivit så här. Det var inte hennes fel. Hon hade så ohygglig otur.

Den andra vakten tog upp ett anteckningsblock ur skjortans bröstficka och bad Jenny att berätta vad som hade hänt. Han antecknade, nickade och försäkrade sig om att Jenny var okej innan han stoppade ner blocket igen. Det var hon, nu när hon började lugna ner sig. Vakten rättade till kepsen och sa flinande:

– It seems like that lady got what she deserved.

Jenny flinade tillbaka och tittade roat på den udda trion som sakta rörde sig bort genom garaget. Det här blev något att berätta hemma sen. Men först skulle hon köra amerikansk muskelbil. Till sin far.

Kapitel 45

– Men hörde du nu då?

Jonatan vände sig ivrigt mot Maria som log men skakade på huvudet. Leo tittade också på sin mamma, sen på sin pappa, och sa igen:

– Pa-pa. Pa-pa. Pa-pa.

Nu skrattade både Maria och Jonatan. Det var ingen tvekan om vilket som var Leos första ord. Han slog till med det en knapp vecka efter att brorsan Ludvig hade valt att hedra sin mor med sitt första uttal.

Det var kul att vara pappa. Jonatan hade inte kunnat föreställa sig att han hade så mycket stolthet, kärlek och beskyddarinstinkt i sig. Och det blev bara häftigare för varje dag, när grabbarna lärde sig nya saker. Att vara hemmapappa var det ballaste han hade gjort i hela sitt liv, det slog till och med hans första spelning och det ville inte säga lite det. Musiken kunde inte konkurrera med det här.

Maria satte sig på huk och la handen på Jonatans axel, där han låg jollrande framför Leo och försökte få honom att säga sitt enda ord igen. Leo gurglade glatt men några fler ord ur det svenska språket hade han inte på lager. Jonatan tittade upp på Maria som nickade mot soffan.

– Kom, vi sätter oss.

Grabbarna placerades i sin lekhage och lekte vidare bredvid varandra - Leo med byggklossar och Ludvig med en båt som nu kördes på lekmattans järnväg. Jonatan hämtade varsin kopp kaffe och slog sig ner i den fläckiga soffan bredvid Maria, som satt med benen uppdragna under sig. De flesta fläckarna härrörde från tvillingarnas framfart och skulle nog aldrig gå att få bort.

– Jag är med barn.

Det fanns ingen anledning att linda in det hela, tyckte Maria, och dessutom hade hon funderat på det alltför länge utan att komma på något finurligt sätt att lägga fram det på. Jonatans reaktion blev precis den hon hade hoppats och trott. Leendet sträckte sig över hela ansiktet och den nyanlagda mustaschen såg ännu tunnare ut. Maria påminde sig om att hon skulle be honom raka bort den. Han sa:

– Jag älskar dig. Och jag älskar alla våra sjutton barn som vi ska ha tillsammans.

– Tokstolle! Kan vi ta en i taget, så får vi se hur det går?

– Äsch, kläck ur dig trillingar den här gången så är vi ju på god väg!

De fnissade och kröp närmare varandra, hopslingrade så gott det gick i den nersuttna soffan. Leo och Ludvig hade tittat upp en stund när deras föräldrar pratade och skrattade som mest men leken vann snart tillbaka deras uppmärksamhet. Begreppet småsyskon var inget som ännu kunde förklaras med ord för dem utan det fick gestaltas praktiskt om sisådär sju månader, enligt provstickans utlåtande.

Kapitel 46

Frederiq tryckte på knappen som startade filmklippet igen. Både han och Stina skrattade så att tårarna rann, trots att de hade sett film-snutten minst tio gånger redan. En av åskådarna på Uppsala torg hade gjort ett riktigt proffsigt jobb med att klippa ihop armbrytarmatcherna och lagt på musik, komplett med närbilder på Magnus förvånade ansiktsuttryck och en mindre smickrande bild på Stinas dubbelhaka när hon stirrade på sin hand som låg över Magnus hand.

– Över hundratusen visningar, den killen måste vara stolt! Ja, filmaren alltså. Magnus kanske inte känner likadant.

Frederiq torkade tårarna och höll frågande upp kaffekannan vid Stinas mugg. Hon nickade och gick för att snyta sig medan Frederiq fyllde på kaffe. Det hela var både dråpligt och underhållande och dessutom kände Stina oerhörd lättnad över att få sitta där och skratta tillsammans med Frederiq. Hon hade berättat allt, hela historien från början till slut, om sina superkrafter och Frederiq hade varit precis så där klok som Stina kände honom som från förr. Det var nästan lika bra som att prata med Gunnar. Skillnaden var att Frederiq kunde se mer objektivt på det hela, han berördes inte så som Gunnar gjorde. Det kändes faktiskt rätt skönt.

– Så, Super-Stina goes international alltså? Naturkatastrofer?

– Ja... Är det dumt tror du?

– Det kan väl inte vara dumt att hjälpa folk, om man har möjlighet att göra det. Och det har du verkligen.

– Jag har aldrig varit länge än till Ungern. En personalresa för många år sen. Det var en smärre katastrof för jag har varken förr eller senare varit så full så många dagar i rad. Men i övrigt är jag inte särskilt berest.

– Då är det väl på tiden då. Och Gunnar följer ju med.

Gunnars uppsägning från jobbet gjorde att tjänste-Miatan snart var historia men det såg han inte som ett problem. Tvärtom, en möjlighet att köpa en ännu roligare bil. I övrigt uttryckte han bara befrielse över att få sluta jobba. När han nu hade möjlighet.

– Det kanske inte blir så mycket av det ändå. De organisationer jag kontaktat hittills har varit lite skeptiska. Med all rätt, kanske.

Frederiq flinade och tömde kaffemuggen på den sista svalnande skvätten. Han sopade av några smulor efter wienerbröden från soffbordet ner i handen och hällde dem i muggen. Det var ordentligt skillnad på ordningen i hans hem nu och innan kollapsen. Det var ordentlig skillnad på hur han mådde också.

– Det kan väl vara lite svårt att förstå hur stark du är om man inte sett det. Kan du inte skicka dem det här klippet?

Han gjorde en gest mot datorskärmen där Magnus Samuelsson, världens starkaste man, var fryst i ögonblicket då han fick stryk i armbrytning av "Super-Stina". Stina fnissade, men kunde inte låta bli att tycka lite synd om Magnus samtidigt. Han verkade vara lika snäll som han var stor och stark.

– Vi tänker att vi drar väl iväg när det dyker upp någon lämplig katastrof. Men oj, förlåt, hur lät det där?

Stina satte handen för munnen och skämdes en aning. "En lämplig katastrof", såna fanns knappast. Alla katastrofer var troligast klart olämpliga för alla inblandade. Men Frederiq fattade vad hon menade och sa tankfullt:

– Är det meningen så fixar det sig.

Hans begrundande ansiktsuttryck fick Stina att skämmas lite till. Här satt hon och babblade om sig själv, utan att tänka på hur han mådde. Under tiden som hon levde livets glada dagar så hade han gått in i väggen, legat på sjukhus, blivit av med jobbet på grund av en konkurs, och förlorat sin livspartner. Det kändes ju sådär, milt sagt. Hon sa:

– Hur är det med dig, vad ska du göra härnäst?

– Jag är sjukskriven ett tag till och sen ser det ut som att jag får någon sorts omställningsbidrag via facket. Dennis hade fixat försäkringar åt oss också som gör att jag klarar mig ekonomiskt rätt länge.

Konstigt, det gjorde inte längre ont att säga hans namn, mannen som Frederiq hade trott skulle finnas vid hans sida resten av livet. Han drog ett djupt andetag och berättade för Stina vad han hittills inte berättat för någon annan:

– Jag ska skriva en bok. Det har jag drömt om hela livet.

Stina kunde inte dölja sin förvåning, för Frederiq hade inte någonsin slagit henne som ett författarembryo. Hur nu ett sånt borde se ut. Men just det embryo hon hade framför sig såg väldigt glad ut. Uppenbarligen var gratulationer på sin plats.

– Det låter jättekul! Vad ska den handla om?

– Jag vet inte riktigt än. Jag får väl utgå från mig själv och folk runtomkring mig. Kanske en berättelse om en tjej som blir superhjälte?

Han blinkade och knuffade till Stina på axeln. Stina skrattade och sa med spelat allvar:

– Det får väl bli en saga för barn då, för sånt händer inte i verkligheten, vet du.

– Nä, det har du rätt i, sa Frederiq lika låtsas-allvarligt tillbaka. Jag får nog skriva om en kille som var straight och blev bög istället. Nä, förresten, sånt händer väl inte heller?

– Du har nog material till åtskilliga böcker, låter det som. Har du börjat skriva?

– Ja, lite grann, fast jag har mest surfat på nätet och försökt ta reda på hur man gör. Hur man bygger upp storyn och beskriver karaktärer och skapar en dramatisk kurva och… Det är rätt mycket att hålla reda på.

– Men är det inte bättre att du bara skriver? Så ordnar sig nog resten så småningom. Det brukar ju göra det.

Frederiq nickade eftertänksamt. Det låg nog något i det. Saker tenderade att fixa sig och varför inte i en bok, där allting kunde fås att hända?

Stina tittade på klockan och insåg att det var hög tid att ge sig av, hon skulle vara barnvakt till världens gulligaste bebistvillingar. Jonatan hade dessutom antydit att han hade något att berätta. Kanske var det

209

ett nytt album på gång?

Hon kramade om Frederiq, tackade för fikat och önskade lycka till med skrivandet. Så fort hon hade stängt dörren efter sig så satte sig Frederiq vid datorn och började skriva. Han satt faktiskt där ett antal timmar senare också, när morgontidningen dunsade ner på lägenhetsgolvet. Framsidan på tidningen upptogs till största del av en bild som var mycket lik den som tidigare hade pausats på hans datorskärm. Rubriken förkunnade:

"Super-Stina" slår till igen!

Kapitel 48

Roger tog upp morgontidningen från golvet och vek upp den samtidigt som han gick in i köket. Han hade sina rutiner och de var dessutom uppskrivna på lappar som satt på väggarna i hela lägenheten. En del lappar hade han själv skrivit utifrån det som mamma sagt åt honom och en del lappar hade pappa skrivit. Roger gillade att veta vad han skulle göra, när han inte spelade datorspel eller sorterade brev på post-terminalen.

Han kände igen kvinnan som med svettblankt ansikte och ett stort men förvånat leende hade blicken riktad mot den stora mannen som hade varit med i tv-programmet "Gladiator". Men det kändes som en evighet sen han hade jobbat ihop med henne på ItWorks. Hon var tydligen väldigt stark, det hade han inte haft en aning om. Fast det var väldigt mycket han inte visste, i alla fall sa pappa det. Och då var det så.

På mittuppslaget var det ett reportage från ett studieförbund. Det var flera bilder på folk från andra länder och på en bild stod en annan person som Roger kände igen. På bilden pekade Nadir på en dator och log stort. Precis så där stort som han alltid hade lett när han hejade på Roger innan jobbet började. Det var nog det närmaste en vuxen kompis Roger hade kommit.

En ganska liten notis var utan bilder och innehöll bara en kungörelse och några namn. Ett av namnen kände han igen men han förstod inte vad meningen betydde:

"Heikki Avataro har försatts i personlig konkurs. Adress: okänd"

Roger ryckte på axlarna. Han gillade inte Heikki.

Bland dödsannonserna hittade han sin mors namn. Han läste annonsen gång på gång men det förändrade ingenting. "Begravningen har skett i stillhet". Han snyftade till, mest av ensamhet, och reste sig för att hämta en sax. Pappa hade sagt att han skulle spara annonsen i den bok om mamma som pappa hade gjort i ordning åt Roger. Så att han alltid skulle minnas, sa han. Som om Roger någonsin skulle kunna glömma den dag ambulansen for iväg utan blåljusen på.

Allra sist i tidningen fanns det bästa och det som Roger ägnade mest uppmärksamhet åt: dagens Sudoku och de tecknade serierna. Han fnissade åt Arne Anka och Herman Hedning men rynkade på pannan åt älgen Helge. Pappa kunde nog förklara vad som menades med brunstig.

Morgonens tidningsprocedur var klar och det var dags att gå till jobbet. Fyra timmar av metodiskt sorterande kunde han stå ut med. Om han åt när han kom hem och duschade sen, så fick han spela datorspel ända till midnatt, det hade pappa sagt. Och då blev det så.

212

Kapitel 48

Jenny tittade sig omkring där hon satt i den röda hyrbilen. Jo, det här var rätt adress, det måste det vara. Villan som befann sig på hennes pappas adress var stor och en swimmingpool fyllde nästan hela gräsmattan. Fast så såg det ut vid så gott som alla hus på den här gatan.

Det knöt sig i magen och hon kände sig inte alls så kaxig nu som hon gjort innan. Var det verkligen en så himla bra idé det här, att leta upp en man som uppenbarligen inte hade något intresse av att träffa henne? För då hade han väl sökt upp henne?

Hon drog ännu ett djupt andetag och lutade sig bakåt i skinnsätet. Det fanns bara ett sätt att få svar på alla frågor. Och bara ett sätt att få någon sorts sinnesro. Hennes tal, inövat i veckor, behövde få komma fram till sin mottagare. Undrar om han ens var hemma? Det stod ingen bil på uppfarten men det fanns ett dubbelgarage i anslutning till huset. Hans bil kunde ju stå där. Eller deras bilar. Jenny insåg att hon hade ingen aning om vem som skulle kunna öppna dörren när hon ringde på. Det kunde finnas en fru och flera barn. Tänk om hon hade ännu flera syskon? Det hade hon ingen plan för.

Nä, nu fick det vara färdigtvekat. Hon öppnade bildörren och kravlade sig upp till stående från det låga sätet. Bilen var precis lika obekväm som sportig, men nu kunde hon stryka den sortens bilkörning från listan i alla fall. Väl ståendes på gatan rättade hon till kläderna, drog fingrarna genom håret och började gå med bestämda steg mot huset där hennes far bodde. Det var nästan så hon tyckte att marken skakade under henne där hon gick, så bestämd var hon.

Dörrmattan hälsade henne "Welcome!" med vita bokstäver på svart botten och när hon tryckte på dörrklockans knapp spelades en melodi upp inne i huset. Snarlik glassbilens trudelutt hemma, faktiskt. Men i övrigt hände ingenting så Jenny tryckte igen. Samma lätt enerverande melodi spelades och lika lite hände i huset även denna gång. Jaha, vad skulle hon göra nu då? Åka tillbaka till hotellet och resa vidare i delstaten? Så snopet. Hon tryckte en tredje, sista skulle det bli, gång på dörrklockan och gjorde en liten grimas åt ljudet den skapade. Trots att hon stod kvar pinsamt länge och blängde på den vita dörren så kom ingen och öppnade den. Med en resignerad suck backade hon några steg och spanade mot fönstren. Där syntes inte heller några livstecken. Långsamt gick hon tillbaka på plattgången som ledde mot garageuppfarten. Det såg ut som skifferplattor, konstaterade hon och förundrades över sin förmåga att lägga märke till helt ovidkommande saker.

Jenny hoppade högt när garageporten började surra bakom henne och en mörk röst ropade:

– Hi there, what can I do for you?

Hon vände sig om och var inte alls beredd på vad hon fick se. Klädd i slitna jeans och t-shirt stod där hennes tvillingbror - fast 25 år äldre då. Mannen framför henne, som torkade av sina oljiga händer på en solkig trasa, log precis så där som Jonatan gjorde, inklusive skrattgropar och glittrande ögon. Precis

214

såna skrattgropar som hon själv också hade i sina runda kinder. Johnny Geraldersson skulle inte kunna förneka faderskapet, så mycket var klart. Johnny klev ut ur garageportens skugga och lyfte handen som skydd för solen.

– Are you looking for someone?

Jenny återfick talförmågan och sa lågt, inte alls lika kraftfullt som hon hade planerat:

– Yes. My father. You.

Nu kände hon åter hur marken skakade under henne, det var verkligen ett mäktigt ögonblick det här. Det skulle hon aldrig glömma. Johnnys blick mörknade och han slet tag i hennes arm. Han drog henne med sig runt hörnet på huset och båda två nästan snubblade nerför källartrappan och in i ett betongrum.

– Damn, it's a tornado! Hurry, close that door!

Så kom det sig att Jenny och hennes pappa blev sittande i ett rum endast upplyst av stearinljus, medan ljudet av vind, flygande saker och ramlande träd bara knappt, nästan inbillat, nådde deras öron. Det här hade inte funnits med i hennes plan.

Kapitel 49

Stina och Gunnar klev ombord på planet som skulle ta dem till deras första räddningsuppdrag. Som Batman och Robin, tänkte Stina och fnissade opassande. Hon var nervös. Inte bara för att flyga, även om det var rätt läskigt eftersom hon inte gjorde det så ofta, men också för att hon inte visste vad som väntade. Tänk om hon inte alls dög som superhjälte, tänk om hon inte alls kunde vara till någon nytta när det blev skarpt läge. Gunnar anade vad hon funderade på, hon hade gett utryck för det i taxiresan till flygplatsen, och la sin arm om henne.

När tv-nyheterna visade bilderna från tornadons framfart i Reno, Nevada, tog det inte lång stund innan Stina ryckte till och blev alldeles kall inombords. Reno. Det var där Jenny var! Stina for upp ur soffan och rusade ner i källaren där Gunnar skruvade fast ett växelreglage på en cykel medan Dan Hylander sjöng i bakgrunden. Gunnar tittade förvånat upp när hans fru med andan i halsen försökte förmedla att de måste ut, iväg och upp i luften, nu på en gång. De måste till Reno och hjälpa till att rädda nödställda efter en tornado och framför allt måste de hitta Jenny. Gunnar var rätt stolt över sin förmåga att packa allt man behöver för en resa, på mindre än tio minuter. Det tog taxin något längre tid att komma fram till deras lilla hus men under tiden lyckades Stina boka svindyra direktflygbiljetter.

I övrigt hade de ingen plan, ingen aning om var de skulle ta vägen när de kom fram och noll koll på hur det såg ut på nära håll där en tornado dragit fram. Men ärligt talat så struntade Stina i det. Kunde hon göra nytta så fick det bli en bonus, nu ville hon bara hitta sin dotter. Hon hade skickat säkert tjugo sms och ringt nästan lika många gånger men hon fick inget svar på något av det.

Jenny tittade på sin mobiltelefon och insåg att de hade suttit i det lilla källarrummet i många timmar. Hon hade ingen mottagning, det var väl ordentligt tjocka väggar i denna lilla "survival bunker" som Johnny kallade den. Det fanns både mat och vatten för flera veckor, berättade han i ett försök att trösta den skärrade Jenny. Det gjorde henne bara ännu mer skräckslagen. Skulle de bli kvar här i flera veckor?

För att skingra tankarna började Jenny att prata. Det var lika bra att hålla det där förbaskade talet nu, det som indirekt hade lett henne till den här instängda situationen. Så hon drog ett djupt andetag och berättade på ganska hyfsad engelska vad hon tyckte och tänkte om sin fars beteende för drygt 20 år sen. Efter de fjorton minuter som talet tog satt de åter tysta, säkert en halvtimme, tills Johnny bestämde sig för att bryta tystnaden.

– I think the tornado is gone now, sa han och gick bort till den bastanta dörren. Den gick inte att öppna.

Varken Stina eller Gunnar var beredda på hur varmt det var när de kom ut ur flygplanet. Men de ignorerade att svetten rann och begav sig till taxibilarna så snabbt de kunde. De hade som tur var inget bagage att vänta på. Till föraren av den taxi som stod först i kön sa de, samtidigt som de hoppade in i bilen:

– Please, drive so close to the tornado as you can.

Taxiföraren var van vid turister och stormjägare och ryckte bara på axlarna innan han la i automatlådans "drive"-läge och svängde ut från parkeringsfickan. Stinas mobil surrade till och hon hoppades så innerligt att det skulle vara ett livstecken från Jenny. Men istället var det ett sms från Duncan, med en adress som Stina uppjagad förmedlade till taxiföraren. Adressen till Jenny, Jonatan och Duncans far, mannen som Stina inte hade träffat på över tjugo år och egentligen inte hade haft något intresse av att träffa heller.

Johnny tog i allt han kunde för att försöka skjuta upp dörren. En liten glipa var allt han kunde åstadkomma, men det räckte för att han skulle se den stora trädstam som nog var allt som var kvar av hans femåriga döttrars klätterträd. Han struntade fullständigt i trädet som sådant, förutom att det olämpligt nog hade lagt sig ner i källartrappan. Men han var oändligt tacksam för att hans fru och döttrar befann sig hos hans svärföräldrar i Chicago. Där borde de vara säkra.

Han visste däremot inte vad han skulle göra åt det faktum att hans förstfödda dotter satt på en pall i bunkern och tittade forskande på honom. Visst mindes han hennes mamma, men herregud, det var ju så längesen! En omogen livstid, ett dedikerat arbetsliv, flera kontinenter sen. Då hade han inte haft några som helst ambitioner att bli förälder och inte tittat

218

tillbaka alls när han susade vidare genom livet på framgångens vingar. Allt har ett pris och det var visst dags att betala ett av dem nu.

Så han satte sig på pallen framför Jenny och försökte så gott han kunde att förklara hur han hade fungerat som 25-åring. Vad han hade drömt om, vilka mål han hade haft och vad han valde att lämna bakom sig. Jennys fasta blick, med ögon så lika de han en gång flyktigt förälskat sig i, lämnade inte hans för en sekund. Men blicken mjuknade lite allt eftersom, tyckte han. Kanske förstod hon.

Jenny kunde fortfarande inte begripa hur man kunde lämna en tonåring som var med barn för att själv göra karriär, men hon kunde förstå att man ibland gjorde val som inte nödvändigtvis kändes klockrena längre fram i livet. Johnny verkade i alla fall vara reko, och Jenny hade två små halvsystrar som hon började längta efter att träffa. Om de nu kunde ta sig ur den här bunkern någon gång.

Taxin var tvungen att stanna ett par hundra meter från adressen som föraren hade fått, eftersom det låg en skåpbil tvärs över gatan. Det såg ut som ett slagfält även om det hade kunnat vara mycket värre. Det var bara tornadons ytterkant som hade drabbat det välmående villaområdet. Någon mil bort var det visst betydligt värre, hade taxiföraren hört via radion. Stina sprang de sista hundra metrarna till huset med nummer 76, med Gunnar en bra bit efter sig. Hon ropade Jennys namn när hon sprang uppför garageuppfarten. Ett fönster hade krossats av en flygande brevlåda och på altanen låg en hundkoja slagen i bitar.

Jenny for upp från pallen och störtade fram till trädörren, mitt i Johnnys utläggning om president-valet för något skulle han ju prata om. Hon pressade örat mot springan och sken upp. Jo, det var mammas röst hon hade hört! Hon vände munnen mot dörr-springan och skrek så högt hon kunde:

– Mamma, mamma, vi är här, i källaren! Maaam-maaa!

Stina hörde ropen, först svagt som en tanke, sen tydligt. De kom från baksidan av huset och hon ru-sade vidare, nästan rakt in i trädet som hade knäckts som en tändsticka sin meteromkrets till trots. Nu låg det nedpressat i en källartrappa och höll en kraftig ekdörr effektivt stängd med undantag för en liten glipa. Stina högg tag runt trädets stam med båda ar-marna, lyfte det rakt upp och välte det tillbaka där det kommit från. Dörren gled upp en decimeter samtidigt som Gunnar rundade husets hörn och såg sin fru släppa trädet.

Sen såg han dörren öppnas och till hans lättnad, likväl som Stinas, rusade Jenny uppför trappan och slängde sig om halsen på sin mor. I lugnare tempo bakom henne, men uppenbarligen lika lättad, kom en man som var väldigt lik Jennys tvillingbror. Både Stina och Gunnar kom på sig själva med att stirra oartigt på honom, tills Johnny sa:

– Hello Stina, long time no see.

De tre äldsta i samlingen skakade hand för det ver-kade som rätt sak att göra, sen fokuserade de på ett par timmar av skadekontroll. Både hos Johnny och hos hans grannar. Ingen hade blivit allvarligt skadad men det såg rätt risigt ut. Stina fick använda sina krafter vid åtskilliga tillfällen och vande sig snabbt vid de förvånande ansiktsuttrycken. Hon kom på sig själv med att njuta av känslan att göra nytta på ett sätt som ingen annan kunde.

När de så småningom inte kunde göra mer i grannskapet bjöd Johnny in dem i huset och satte igång att laga mat. Samtalet var stelt och konstlat men märkligt nog kände sig alla nöjda ändå. Jenny med att ha fått träffa sin far som visade sig vara helt vettigt funtad trots allt. Johnny med att han inte kände sig som en bov trots att hans förflutna nu hade hunnit i kapp honom. Gunnar var glad för att hans fru och bonusdotter var oskadda och för att han inte kunde hitta någon anledning att vara arg på mannen som var far till hans bonusbarn. Stina var lycklig över att hennes dotter var i säkerhet och över att hennes debut som Super-Stina hade gått alldeles förträffligt. Hon kom att tänka på sin bror och det han hade skrivit i sitt senaste brev. Idag hade hon verkligen gjort det hon kunnat av det hon hade. Det kändes väldigt bra.